一个少年尘封七十年的病史传奇

药渣

吴钧陶 著

全国百佳图书出版单位
时代出版传媒股份有限公司
黄山书社

图书在版编目（CIP）数据

药渣 / 吴钧陶著 . — 合肥 : 黄山书社，2019.12

ISBN 978-7-5461-8816-4

Ⅰ . ①药… Ⅱ . ①吴… Ⅲ . ①自传体小说 – 中国 – 当代 Ⅳ . ① I247.5

中国版本图书馆 CIP 数据核字（2020）第 000546 号

药 渣

YAO ZHA

吴钧陶 著

出 品 人 贾兴权

主　　编 董宁文

责任编辑 高 杨 陈金鑫

装帧设计 观止堂_未 氓

出版发行 时代出版传媒股份有限公司（http://www.press-mart.com）

黄山书社（http://www.hsbook.cn/index.asp）

地址邮编 安徽省合肥市蜀山区翡翠路 1118 号出版传媒广场 7 层 230071

印　　刷 安徽新华印刷股份有限公司

版　　次 2020 年 4 月第 1 版

印　　次 2020 年 4 月第 1 次印刷

开　　本 700mm × 1000mm 1/16

字　　数 250 千字

印　　张 15.5 彩插 8 面

书　　号 ISBN 978-7-5461-8816-4

定　　价 58.00 元

服务热线 0551-63533706

销售热线 0551-63533761

官方直营书店（http://hsssbook.taobao.com）

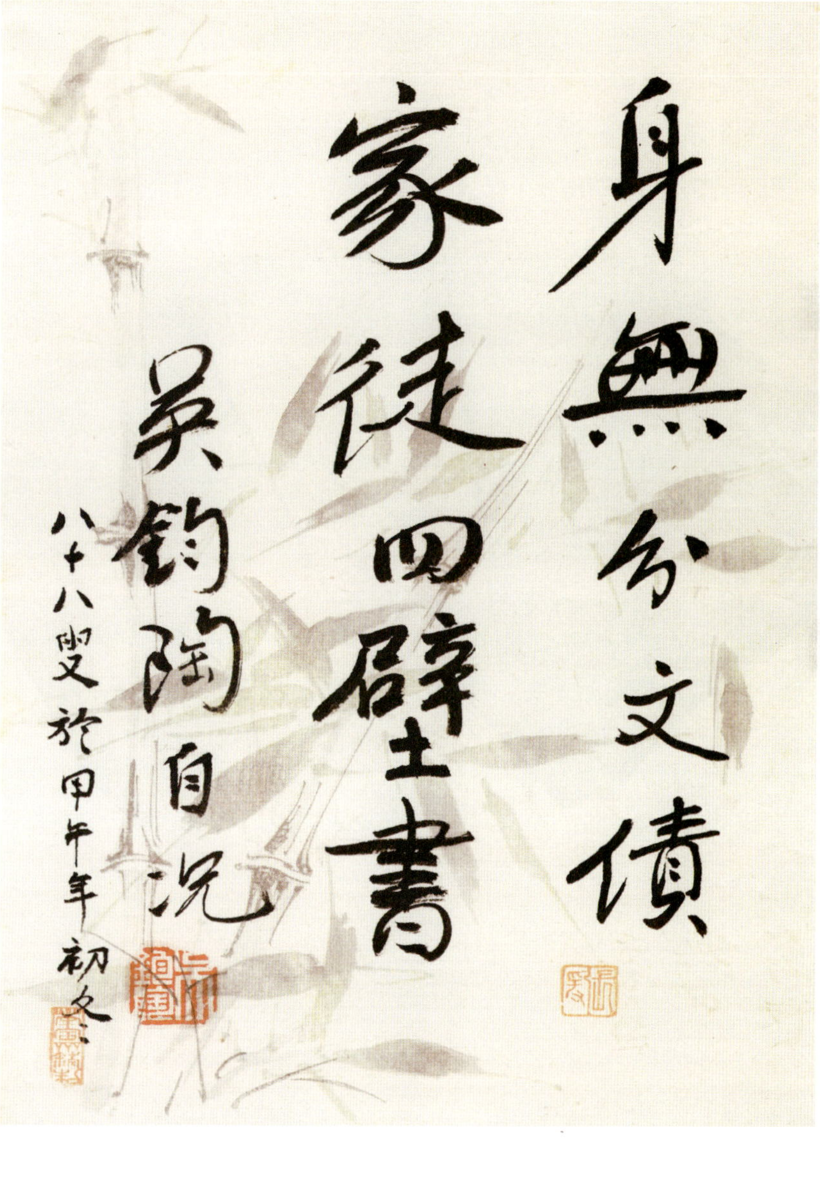
身無分文債
家徒四壁書
吴鈞陶自況
八十八叟於甲午年初冬

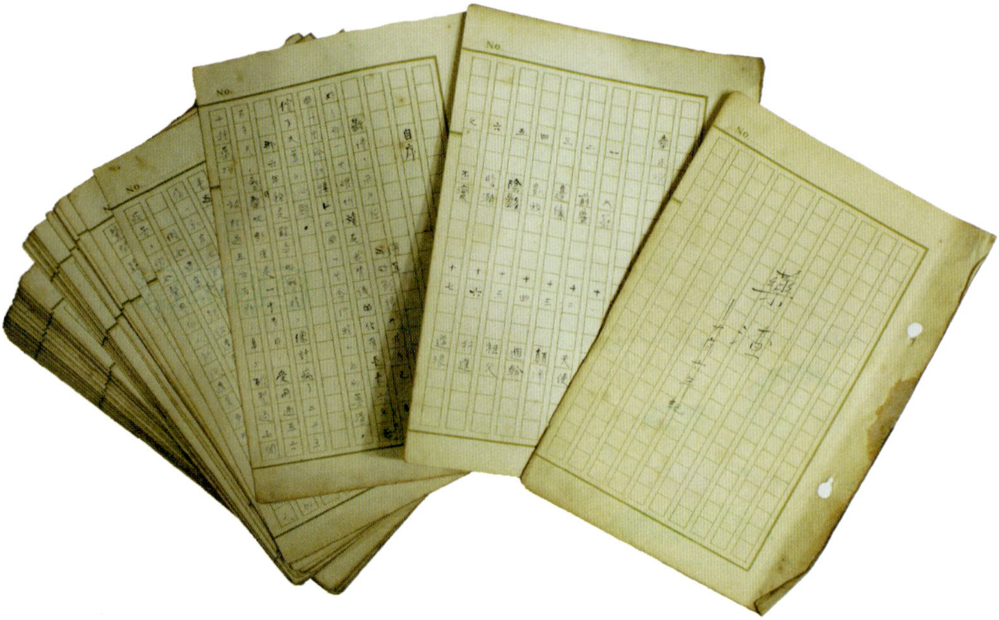

《药渣》手稿

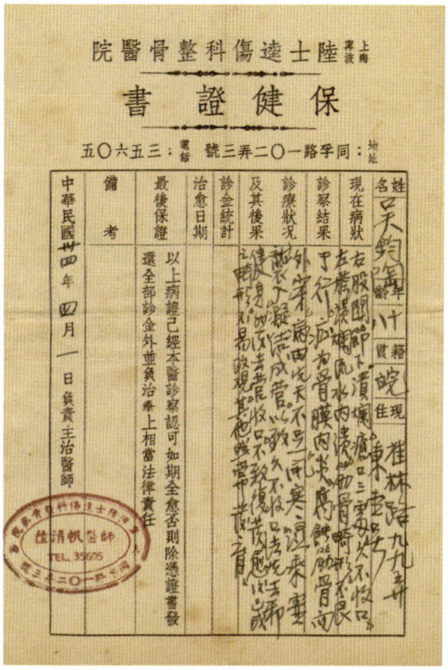
上海 陸士達傷科整骨醫院

保健證書

地址：同孚路一〇二弄三號 電話：三五六〇五

姓名	吳鈞陶	年齡	十八	籍貫	皖	現住	桂林路九九弄
現在病狀							
診察結果							
診療狀況及其後果							
診金統計							
治愈日期							
最後保證	以上病證已經本醫診察認可如期全愈否則除憑證書發還全部診金外並負治療上相當法律責任						
備考							

中華民國卅四年四月一日 負責主治醫師

陸清帆醫師 TEL. 35605

吳钧陶《保健证书》

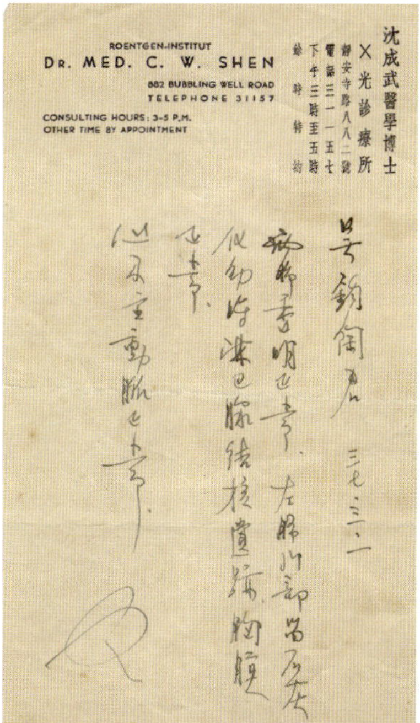
ROENTGEN-INSTITUT
DR. MED. C. W. SHEN
882 BUBBLING WELL ROAD
TELEPHONE 31157
CONSULTING HOURS: 3-5 P.M.
OTHER TIME BY APPOINTMENT

沈成武醫學博士
X光診療所
靜安寺路八八二號
電話三一一五七
下午三時至五時
餘時特約

吳鈞陶君 三七.三.一

吴钧陶《民国医疗诊断单》

吴钧陶孩童照
吴钧陶幼年照
吴钧陶襁褓中与母
吴钧陶孩童时被家佣送去上学
吴钧陶（二排左四）小学同学合影
吴钧陶（右）与母亲及幼弟
吴钧陶青少年

吴钧陶年轻时代

吴钧陶病中向往

吴钧陶病中沉思

吴钧陶与夫人杨昭华

吴钧陶（右）与草婴

吴钧陶（中）与巴金（右）

序言

勇敢者的凯歌

一个人从少年时期起在病榻上卧了六年，身上有好几处地方一直流脓流血，骨骼畸形，动了好几次大手术，但终于克服了一次又一次的磨难，站立起来，这是人世间少见的奇迹。吴钧陶就是这样一个令人感动的人。我认识吴钧陶已有几十年了，尽管我原来也知道他曾长期患病，身体有点残疾，行动不很方便，但我绝没有想到他在青少年时期竟遭遇过这样的苦难！

读了这部反映他青少年时期同疾病斗争的经历，我这个虽然也从小多病、中年也遭遇许多苦难的人，也不能不感到震惊。读了他这本回忆录，我懂得了什么叫苦难，什么叫折磨，什么叫坎坷，同时我也更深切地领会到什么是真正的坚强，什么是真正的乐观，什么是真正的毅力。

我们生活在这个世界上，生活在这个历史时期，精神上的感受总是波澜起伏，难以言说。我们眼看着一个个原本朝气蓬勃的生命在各种暴风雨下惨遭冲击，有的就此消失，有的怀着一颗破碎的心灵勉强存活，而要真正保持健康的心态，不屈服，不气馁，顽强地同命运进行搏斗，那是极少数。也因为这个缘故，那些能顽强与命运搏斗的人的生动经历，就特别具有激励人的力量，值得后人学习。

吴钧陶尽管在青少年时期受到重重磨难，但后来他还是在编辑、翻译各方面做了大量工作，他后来的道路也并不平坦，但他始终能勇敢面对，积极生活。他在夫人伴奏下常在各种场合引吭高歌，引人入胜，使人受到鼓舞。我认为他唱的是生命的凯歌，是勇敢者心灵的呼声，给人们带来无穷力量。我衷心希望他的光辉榜样将继续增加我们的信心，使这个世界多一些阳光，少一些阴雨。

草婴

目录

自序

断断续续写了两年多，总算战胜了我自己，整理完了那一大堆“药渣”，这堆药渣是在我病后六年多的时日里逐渐堆积而成的。那些时日，正是我“生命历程”中的青春年少的阶段，偏偏被严重的疾病击倒，失去了欢乐，尝不到生活的甜美，却天天受疾病的折磨，尝遍药的苦味。但是现在我终于完遂了长久在心中形成的心愿，用文字记录下这一段刻骨铭心的、我难以忘怀的经历。

那六年多的历程是十分艰辛的。总计病了二千五百多天，其中整日卧床不起达一千多日。受用过五六十种药物，针剂注射有五六百次。身上破裂过七个流脓的创口。看过的医生有二十多位。每一思及，就有不堪回首之感。

从病的末期起，花了两年多时间竭力回忆，用心梳理，形诸笔墨，也是很艰辛的。溽暑如蒸的夏日，天寒地冻的冬天，一人独坐小亭子间，锁上门，穷思苦想，斟辞酌句，为重现已过去的真情实感、环境氛围而寝馈不安，如醉如痴，常常有难以下笔、不克终卷的苦恼，不时萌生不如停笔的想法。

这些，幸喜都成为过去。

现在，我只怕枯肠搜遍、脑汁绞尽，却未能完整和深刻地表达自己所想表达的旧事。

关于疾病，尤其是我身受的长期的疾病，给予肉体和心灵的创伤和痛苦，原本不是笔墨或者唇舌所能完整和深刻地表达出来的。恐怕只有正在病痛的时候才能真正感知。俗话说：“好了伤疤忘了痛”，可见要想真切地回忆过去的病痛并不容易。

既然我已经费了很多的时间，很大的精力，从倒出去的“药渣”里，提炼出了这十多万字的“病情报告”，无论好坏，我还是希望它能发挥一些作用。

假如身体从来都很健康的人，能从我的记录里，了解一些病弱者的痛苦，从而珍惜和爱护自己的身体，同时对别人的病痛产生较多的了解和同情；假如医师、护士、医药界其他各位，能从我的记录里，更能知悉他们服务的对象生理上的种种情况，心理上的种种活动，从而得到医疗手段和态度上的一些启发；假如一些分散在大地各处，曾经或正在挣扎于病痛的水深火热之中，能从我的记录里，得到一些安慰，产生一些勇气，或者触发一些面对生死的感悟，那么——我就觉得自己的纸上谈病的辛勤劳动并不完全是白费心思了。

好，我想说的话大概都说了吧。在搁笔之前，我要深深地感谢我的父母亲为我辛苦，为我担忧，为我付出极大的心血和很多的金钱。我还要同样感谢关心我的亲友们，以及拯救我于生死边缘的医师们、护士们。更要感谢我从未见面、不知他们是谁、身在何处的发明了拯救千千万万生命（包括我的生命）的特效药物的科学家们。

好，让我按照我国的民俗，把“药渣”倒在门外吧。

吴钧陶

一九五〇年三月廿四日

一笼

护士小姐走进二〇五号病房。

橐，橐，橐，起先一阵步履声，接着我们眼前一亮——白色的她，一手挥着体温计，停在门前，似乎是惊奇地看了我们一转。

病房中，母亲坐在陪侍床上，祖母和四叔各坐在椅子上，弟弟和我站在一旁，正在相互细声闲谈（细声，为怕撞碎这儿的宁静），病床却是空空的。

那么——

“谁是病人呢？”她好像在问。

我走过去，她指着病床叫我躺下。正待躺下，她又止住了我，从床头掀起被单，——原来那不是被单，是用来盖的算是“单被”。

我脱了鞋，舒服地躺下了。呀，我没有料到就这么容易地入了笼。

体温计含在我嘴里，我再按着脉搏。

八月天气燥热。屋里倒还阴凉，这里有应有的和平清净，我的心却异样地怔忡。

一会儿，护士抽出体温计，迎着亮看。

“那，都好吗？”母亲关切地问。

“都正常。”她点点头，走出去。

母亲问我饿不饿，我要强地否认，肚子却虚得发慌，胃囊到食道像在压缩，直牵扯着使我咽下唾液，心脏像是因为没有食物垫住它，无主地忐忐忑忑，掌心沁出潮汗，浑身乏力。

从早起到现在二三点钟，记得只吃了两块饼干，还是母亲逼着我吃的，我不肯吃，分辩着那是性命“交关”的事。

“这孩子就是犟，”母亲数说着，“中饭叫他吃碗肉圆汤，他硬是怎么也不肯。”

我嚷着：“医生这么说的嘛！”

祖母说："吃也要吃一点，挨到明天还有那么多的时候。"

四叔提议："叫碗鸡汤吧，医院里有叫的。"

母亲问我要鸡汤不，又说："不要把医生的话当圣旨，不要紧的。"

我赶紧摇头："不！不！"求说："让我就熬这一天，熬这一天，明天开好刀，多吃点好吧？"

我岔开话题："像我这样的病人大概很少——自己好好的走来，爬到床上来。"

"哎，"祖母说，"要不是你屁股上那么点累，不是和好好的人一样么！时好时坏的，闹到今朝，从这么点点大起，"祖母手下压着比划，"好了，把根除掉就好了，这回吃点小苦。菩萨保佑。"

房间里沉默下来，他们都看看我。

我看看眼前空白的天花板。过去的苦难，今日的焦虑，明天的希望和惊惶，零乱地、片段地争着涌出来，一时也分不出是什么感想，辨不出是什么滋味。剪不断，理也乱。

祖母和四叔要回去了，母亲也要回去洗澡。

祖母站起来："你静着养息养息，没有事，闭上眼睛念念佛，念念大慈大悲观世音菩萨。"我随声响应。

四叔走到床前笑着向我说："心里怕不怕？"看着他我笑笑，摇摇头。他问："刘医生明早什么时候来？""七点种，他说的。""好，明天再来看你。"

"不要怕，也不要心急，"母亲安慰我。"这回好了，就好了，那随你怎么样子上天下地。——留弟弟陪你。——等会回来洗澡。——过一会儿五姨母来。"

我静静地躺着，弟弟到走廊外四处去看看。

白色的床，白漆的家具，白得刺眼。墙壁则是不调和的暗黄色，整个房间呈狭长形，看得出是从一个大房间隔出来的。床东西向直置，物件向我两旁站开，右侧是药护柜、陪侍床、衣服及杂物橱；左边是在窗下的小方桌和两把木椅，以及在桌上的尚空着的小花瓶，和窗在同一个平面。在我脚那头的是通向几间病室共用的长凉台的门，这边门窗装绿的铁纱格，门一直过去，就是和衣橱在一线的另一扇门，通过它我躺着望得见外面冷冷的走廊和走廊边的楼梯口，我们从这门进出。

我这白色的床比普通的要高得多，钢丝弹簧软软的，非常适意，身子平整地浅浅陷下去，像睡在水面一样。盖了单被看起来我这人只有两个鼓起来的脚尖和一个头，如果人就是这样的倒很好玩。如果人没有躯体，人的病患大概只有脚气病和脑充血了，那么我睡在这里不是毫无意义了吗？我痴痴地想，眨眨眼睛，摇摇脚。只可惜"如果"非果，我不可能咬到丰满的肉食。

我静静地躺着。弟弟进来，他告诉我他看到了医院里手术室，那是很精致的一间，光洁的地板、门、墙，上下四处真的一尘不染。（干净得一尘也染不上？）手术台在正中，其上垂下一只大灯，此外是一些奇形怪状的医疗器械。那儿是医生和病魔的竞技场，多少人的生命在那儿被争夺，啊，明天，明天我也要去听候决断了！

如果说走进医院就是来到了生命的边缘，那边缘的边缘就是医院的手术室了。

还想下来走走，谁知鞋已被拿走了，只得静静地躺着。

进这医院我来过三次。头一次的时候，天，就似乎预兆不祥，大雨，街上水漫得没膝，满心仓惶地乘着黄包车去，被回说没空房间，再转回头。碰了壁，倒是碰开了心结，舒坦宽敞了。

后两天，记得是星期日，是先同医院约好的日子。人总是觉得不自在，又总是说不出所以然来。明明相信医生所说我要去受的完全是一次无关紧要、也不太危险的不大的手术，可是，这样的事：要进医院，而且要开刀，总是好像一把刀横在眼前似的横在心头，总是好像有一些什么缠在我身的周围、心的周围。我竭力去想些别的事，做些别的不必要的事，来摆开那“什么”，可是，扔不掉，摆不开，总黏着我，使我有麻麻的、悬悬的、虚虚的感觉。我自譬自解：“这是一回小风浪，经过这个小风浪，前途依旧宽广，而且美好。——仅仅这一程，仅仅这一程。”我不信忍受不了这个风浪，可是，为什么无论怎样譬解、分心，都不能使自己安定下来？我不信忍受不了！要强的我努力克制心理上本能的恐惧，怯懦。（是本能的吧？）

这天一清早我就饿着肚子，家中人好心劝导我稍许吃点东西，叮嘱我不要心慌。但是我只喝了点水；叫我不心慌，反倒勾起我心慌。祖父母、四叔、姑母来的时候，他们和父母亲便带我一车去医院。那儿原离家（在迈尔西爱路）不远，还不容我思索我们就停在亨利路上的怡和医院大门前。我一口气走进去，跑上三楼，去找预定了的房间，打算好好安顿我自己和我自己的纷乱的心——不管这本是我心乱的地方。只是不巧，我的二〇五号还住着病人，一个约摸三十岁的男子，另外一个陪侍的女人。我望望房间里，发现无处或无法置放我欲安顿的东西，竟然轻微地觉得有些失望。医院说，照规矩房钱到下午才起算，住的那人下午搬出，叫我们下午再来。一个办事员领我到楼下去填一张什么表：姓名、性别、年龄、籍贯、家长、监护人、症候、主治医师、住址、电话等，细琐得烦人。原来人不愿去的地方也不轻易让人进去的，地狱也门禁森严。我没好的心绪去填写，他却在一旁盯视，还申斥我不该写得那么潦乱，瞧不清楚，以至：“假若你们中途逃掉的话，我们找不到你们收费了（我猜）。”

下午再去是第三次了。心里是松坦了，古井无波了。“不可幸免”的砖石砌成坑，围起来摇晃。这是囚犯被押赴刑场时的心情吧。

吃了两块饼干，不顾搁在面前的肉圆汤，我就走了。母亲、祖母、四叔、弟弟走在我前面，母亲由医院里细心觉察到需要带些脸盆、热水瓶、毛巾之类的用品，这时让女佣夹着、拿着一同带去，我故意落后走，十分不愿给弄堂里的人看到我们，会想到发生了什么事。在先，我反对过带那些物件一齐走：它们不能融洽于弄堂里经常习见的事物，虽然它们本身是平常而习见的用品。对于人们的好奇心太富于挑逗性了；当然这理由不便出诸口，所以在反对的时候我成为没有理由，无理取闹。

到医院预缴了住院的保证金。不知是一百还是二百元？也记不清那时的米价（可折合多少米），总之不是一笔小数目，那时是民国三十年（即一九四一年）。

那天是八月十日，星期日。

怡和医院是一家私立医院，外观是一幢住宅洋房，南面一片小草坪，栽些花。我们一进屋就嗅到一种医院中特有的气息：各种药品气味混合的气味，再加上那样肃穆阴森的空气，使人很容易地、直觉地感到自己已忽然离开喧嚣热闹的尘市，怅然若失在这生命的边缘里。底层是配药间、候诊室、X 光室，其余是病房。我探头看看一间三等病房，里边有七八张床铺，空的好多。一个干瘪的外国老人仰卧在一张床上，景象怵目惊心：微弱的光线射在他的脸上，轮廓分明地显出明暗、黑白。眼眶、双颊都深陷下去成圈圈黑影，不能知道他的眼睛是张的还是闭的。半面鼻子及眉毛之上的前额和两旁的颧骨峥嵘突出，成小片地承受苍白的光。一丛凸出的黑团团 ，是他的杂乱的胡须。从盖在他身上的单褥下露出嶙峋的两根细腿。脚是高搁在床端铁杆上的，全然已现骸骨的原形了。那一个枯萎羸弱、奄奄一息的生命悄无声息地僵卧着，他可会想到怎么会奇异地流落异国，又怎么会奇异地躺在这里？我呆呆地看着，我怕他那细若游丝的呼吸会戛然而止。

我们上楼，我脚步沉重，抹不掉那个景象。我想到自己也正要去像他那样躺着。——自然我不会像他那样……我自信地自我安慰。二楼和三楼大部分是二等病房。三楼的二零五号也是，其时，门上如别的病室一样，小铁框里已插了一张卡片。看看隔壁，“朱某 女 神经衰弱”。再看我的：

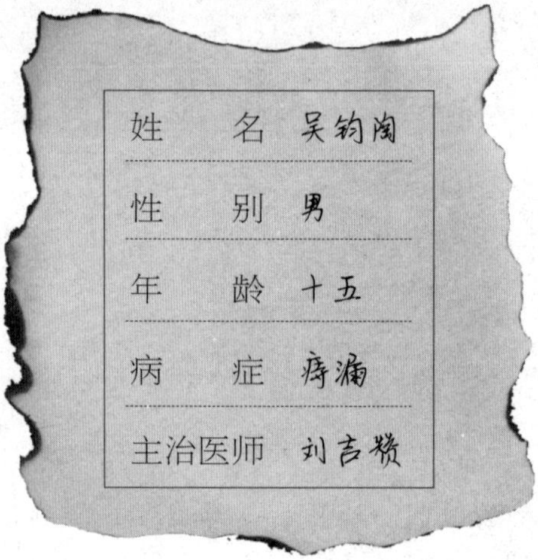

姓　　名	吴钧陶
性　　别	男
年　　龄	十五
病　　症	痔漏
主治医师	刘吉赞

我静静地躺着，弟弟已经走了。天色由奕奕的闪亮而像是给谁抹糊涂了一点，由明朗而起微毛。八月的熏风筛过纱窗而来，一丝一丝的，感不到分量。房间里是一泓空寂，是时间的空白。

饥饿又乘机来袭，饥肠辘辘，真不好受。周身被饥饿和热浪蒸腾出汗水。我掀掉单褥，翻转身来侧卧，用背脊抵抗饥饿。小时候也曾有一回饿得发慌，还是吃了葱油饼来赈济的，唔，那饼，还有余香缭绕，不免向往，不免要对空咽唾液。

“……为什么不让吃？医生的话总不错吧。……是怕产生大便么？开刀后排泄怕裂开创口？……饼！……不，不能吃。……”我对自己摇摇头。

五姨母来的时候天已朦胧向晚。她替我叫来一杯鸡汤，说是母亲关照的，在我听从她的理论，说是鸡汤并无渣滓、只会制造小便以后；在我双眉的不高兴和肠胃的迫切乞求之下，我心有戚戚地喝到干。唔，好过得多，像淋了醍醐顿时感觉清醒，才知道以前有点醺醺然。我像加了油，心脉突突地跳得快起来，然而仍然不着实。可是只这点油水，在我空空的胃囊里是太有余裕咕噜打转了。咕噜、呼吁：“还要！还要！”贪得无厌，相应不理。

姨母盛一脸盆水来要替我抹抹汗，我要自己动手，翻身坐起来，才觉得头有点晕眩，手腕疲软，像是面粉做的，挤毛巾都使不出劲。护士送进来一套特备给病人的衣服，元色粗布，上身无领，对襟，没有纽扣，用带子系的，短裤。我换了这套衣服，过于宽大不合身，样子一定滑稽，像个冒名顶替的囚徒。问护士要了一块药棉，为了塞创口，那创口一直泄漏黏黄的液水，原来用橡皮膏黏的一块药布是在来医院的路上掉了。边走的时候是觉得药布渐渐松动，越走越沉坠，可是没法保驾，行不多远它就不可挽回地从腿股沛然直溜下去，坠落红尘了。要想去收拾，路上众目睽睽，难以为情，一想还是若无其事的好，遂加快脚步走了，像逃。

但是没有逃出病的魔掌。

医院里的工役捧一盆水进来，盆和手之间捏着一只肥皂盒、一个剃胡须用的软刷和上刀片的剃刀，以及一块白布靠盆拖带着。令我惊奇，医院里照规矩还要替人整容吗？但我是一个乳臭未干、髭青未出的少年人呀。我不敢询他以原委，因为直到那时和后来，对陌生人说话我总嗫嚅难张口，尤其是对陌生的大人。正思忖他或是穿过这儿从凉台绕至别的病房，他却走到我面前，拖来一张木椅，放下盆等，坐下来。我望望他，他也着全白的制服，左襟有红线绣的号码。

“在哪里？”

“啥？……”

“脓害在哪里？”

我心里不乐意，手却无保留地去撩起裤脚，侧过身，给他过目。他得寸进尺，要我褪下短裤，将单褥盖起一点，也是无法违拗，只得按照他的吩咐去做。他便神态自若地做他的事了：垫好白布，拿起小刷子在盆里沾沾，在肥皂上搅几下，若画家的大笔就往我右臀部涂抹起来，我不由得肌肉抽缩，这奇特的感受，这种用具从不见有如此超常识的用法的，同老太婆含弄手指一样是不自然的。他再用剃刀刮的时候，每刮一下，我的神经就一阵觳觫，皮肤上冒出粒粒鸡皮疙瘩。实在抱歉，太侮辱这些修面用具原来的神圣使命了。

他小心地将创口附近的寒毛刮光，我得以松一口气。这是开刀前必要的准备。

进来两位护士，她们也要参观创口，她们用一盏可移动的电灯照明，更使我忸怩不安难以为情。

创口在右臀部，靠近肛门，并不大，黄豆般大小吧，周遍微凹，肤色呈黯黑，摁上去糯软，但中间有一层结缔性的硬块，时有黏黄的水渗出。今日的痛苦的泉源；同时，是灾难的根由——以后的绵延的灾难，惨痛而苦涩的灾难啊……

“明朝要开这里？”她们问。其实也不算问，是事实的说明，明知而故问，会话的引言。

我点点头。

“这小弟弟怎么会生这个的？”她们问我姨母。

“他呀——他是我外甥——这小孩子这病从小就起的。七八岁的时候出麻疹，麻疹后长了这个东西。起初，一个小肿包，小肿包破了就这么淌水。中间好过，也反过，这次是好了许多时候了，今年暑天一场伤寒病，又犯了。医生看过许多许多，从前就有主张开刀的，因为年纪小，怕吃不消，这回刘医生说只要把烂肉挖了，就好了。到底是有根的，根除掉，当然不再发了。”

“小弟弟吃了不少苦。痛吧？”

我摇摇头。

“就差在不大痛，痛的肿毒倒容易治的，是吧？不会像这样麻烦了，”姨母说。

“等一息，勿要动，还要给你灌肠。”她们直起身，关上灯，将灯安在床头上。灯的下端是有弹簧夹子的。

洗肠用具是一个小白桶，下面通出一根皮管，管的那一端塞进肛门，还不怎么难受。护士将桶举高，桶里大概是肥皂水之类，便顺流而下，涓涓而入，直肠的感觉想必很迟钝，满不在乎的，灌了好多才有点涨，满有能容的度量。灌好了，抽出了皮管，用药棉掩住，院役送进来便盆。那是种扁长、有倾斜度的盆，受口阔而高，后半扁窄封没，病人在床上用的。可是要我在床上出恭我是怎么也不习惯，我硬要去厕所，可是厕所还离着一段路，而肚肠已变得非常饱涨了，压挤沉坠得迫不及待了，赶忙叫院役将盆搁到地上，我赶忙翻滚下床，刚蹲下去抽掉药棉，粪便和着灌入的水闪电般地突围而出，倾盆而下，一泻千里的那种湍急，直使我连连喘气。

这，也是准备。

好啦，胃、肠除了鸡汤海阔天空地翻腾打滚以外已成了真空状态，内脏清过，皮毛刮过，明天好剖啦。

回到床上，全身轻松得过了分，飘飘然，浑浑然。护士重新替我换药布，黏橡皮膏。我预备养息养息了。然而不行，“精”“气”“神”各自外出游荡去了，我是羽化物外的精灵似的。

夏天的暮色，像花粉的散播，空气里不在意地慢慢升浮起夜的质点，不在意地渐渐扩大，连成一片轻细的网，轻轻地加多……加深……加浓……

灯开了，像扯破一角夜的网，漏下一片昏黄，像天光，但是发锈的。那昏黄替每样白色的家具都镶上模糊的边角，白的地方白得软弱。那昏黄涂上暗黄色的墙，墙似乎瘫痪了，不能挺立。

随着暮色渐深，灯光渐渐聚拢，黄橙橙地亮着，在苍茫的黑色的天地里明显地割出这一方小室，像温暖的小窝。

姨母从盥洗室回来，叫我早些安眠。

夜班护士进来，给我测体温，搭脉搏。

窗外的天幕更深黑，灯射着光，更为理直气壮。

融和熏蒸的小室像火车的车厢。

整个这医院不就是一列火车吗？一列无声的生命列车，多少个受伤的生命充塞其中，昏天黑地里，它奔驰于生命的边缘，在几乎没有轨迹的荒原中，前面永远地矗立巨大凛然的“未知”，也有点点闪烁的火光，一侧就是可怖的万丈深壑，沿途它捡拾呻吟，也簸落衰弱的绝望的叹息。

二、前尘

灯关了，窥伺已久的夜慌慌张张地跳进屋来，窗外的天，黑里渗出冷冷的深暗的青光。这是夏末的黑夜。

明天就是那令我颤抖的日子。

但是——让这列火车前奔吧，我还要飞回记忆里捡拾伤落的片羽。

……不易寻找，许多已经剥蚀飘逝了。……在我八岁的时候，母亲生养小妹妹，坐月子，我患了麻疹，病状很凶险，发着热从学校回来就躺下了。模糊地记得：昏昏地瘫在床上，眼睛半醒地望着床上张挂的那有镂孔花纹的厚纱帐，迷蒙神奇地幻想。一会儿觉得那些花纹是许多挺胸凸肚的妖怪；一会儿觉得那是一座大花园，无数不可名状的东西在花园中乱舞。闭眼昏睡中会常常看见一种有洞孔的乒乓球拍似的东西在眼前——可能是眼内——狠狠地摇晃。一摇每个洞孔都变成红色；又一摇，每个洞孔都变成绿色，一下子火花一样地迸裂了，乒乓球拍不见了，飞散成成千上万的红的绿的各色的和说不清的点、线、小块。母亲为我的病十分焦虑，不时用手试试我的鼻孔，看可还有气息。小妹妹未满月，母亲就带我去看医生。后来我痊愈了。

……后来记不清隔多少时间，以及怎样起始的，我患了痔漏。

……后来医生东看西看，贴膏药或是黏纱布。记得在一个晦暗的石库门三合院式房屋中的一间里，我趴在一张又冰又硬的八仙床上，看一个据说是祖传的，对此道很拿手的老太太医士。记得诊治我的并不是那个老太太。那人看看弄弄，说必须吊药线取漏管，但治起来有痛苦，这样小的小孩怕吃不消，最好长大一点再来。

……后来家搬到北方青岛，亲戚给我一种家制的膏药，叫作“观音救苦万应灵膏”吧，贴贴试试。在一次浴后，我觉得坐时发痛，揭开膏药一看，创口里黏出一段惨淡的灰白色管状的东西，混杂着血丝及脓水，拔起来觉着痛，用剪刀剪，是出奇的韧固，好不容易才剪下来，约有半寸长。家人都为我庆幸，以为总算消灾脱难了。自己也视为莫大的喜事。每次就医都胆战心惊的，怀着惴惴的心，不愿去，又不能不去。我紧绷着每根神经，让医生诊视，医生的引针探进创口的时候要咬紧牙关。补药之类吃得我甚至不太怕了。黏水，药布，形影不离地累赘我。哦，不堪回首！现在漏管既然肯不太费事地钻出来，怎不令人欣悦！便再叫我贴了膏药追根。这以后好像收过口。

……什么时候起又找医生了。是在南方上海，医生姓陈，广东人，在五洲药房楼上吧，设他的诊所。稍大于一丈见方的房间，一张旧损的手术台，几把木椅，一只放置药品的橱，完了。算是西医，自称痔科专家，讲定七十块钱包医，就是由他承包此漏，使之不漏，负责治愈，不另取医疗费，保证不复发。空口无凭，立单为据。满长的一段时间里天天去登门求治了，挂号费一角，随到随看——难得有别的病人。裹药棉的引针在创口里绞，药水洗洗，揩揩，塞进药，塞进纱布条，黏上一块药布。我勾着脚趾，手捏着汗，眼望着母亲，每趟都忍受这种折磨。这时期我在一所记得叫“工部局北区小学”念四年级，还记得在一位我一直又恨又畏，同时他也看不起我的教师面前请假，因为家人接我去看医生。我等着他的许可，他聚集了双眉，垂下一只眼睛，吊上一只嘴角，挤成一个“〈”形，然后从鼻子里哼出——也许是眼和嘴合力挤出——一个：“唔？”我说要去看病。“唔？”我说去看痔漏。“唔？啥？”我改说成痔疮，因为“痔疮”比较通俗易晓，因为“唔”越来越响了。我溜出来，溜到广东大夫那里。那位专家在久久不见治愈，不能交代我们的责问以后，提出开刀的办法。一天，去开刀了。他诊所里还特地来了一位护士，但设备依旧够惨的，没有几样器械。对于开刀，我起初就心怀恐惧，他这样因陋就简不郑重其事，父母也怀疑他的把握了。正当要注射局部麻药针时，我吵闹不肯，他也并不坚持，顺水推舟地放下屠刀，父母也不太反对。双方默契之下我逃过一劫，溜过了这一关。

……又在北方青岛，我的病时好时坏，断断续续，“万应灵膏”并没有除根的灵性。喝过好多祖父为我求的“大悲水”。那是清水，供在祖父供佛像的佛堂里（他是非常虔诚的佛教居士），在他诵经礼拜的早课中为我求降观音救苦救难的慈悲于其中。其味是一股如线香燃烧时的清香，掺和着祖父的虔诚。但是“大悲水”对我的病没有如祖父对待我的慈悲。

……但是我终于自然而然地好了，一直持续到再回南方上海来四五年，且身体渐见壮实，小毛小病光顾我不如以前之勤了。

……读初二这年，近学期终了时的民国三十年，我身体变得坏起来，为应付考试开的半夜车竟也常会误点，有时一觉睡到天亮，怪闹钟没有响过，而实在它未曾懈怠。暑假中，为了要考进一个较有名气的学校，读了那所学校的暑期班，这样身体已差，不得休养，而那时又近乎不由自主地爱好运动，不顾体力，剧烈地打球踢球，我是日形委顿，终至发觉紧靠旧创处又起了一个小肿包。薄质的，半透明的，亮亮的，四围稍红，不肿，也不大痛，没有想到灾难跟从着虚弱来了。我不以为意，只以为生的是一个热疮，照常虐待性地活动，上课总觉得精神不济。稍稍聚神，集中注意，便有时教师、黑板、面前的一切，都会奇怪地缩小，缩小，离得远起来，如反看了望远镜。教师讲解的声音像混合了隐形墨水，在耳朵里嗡嗡地响，而一点也不能分辨出是什么意义。那次，在操场上，我羡慕别人翻杠子的技术，也去试试。筋斗是翻了过来，但在脚快着地的时候摔了一交，摔得不重，但把臀部的小肿包摔破了。自此摔破了苦海的闸门，却并不自知。上了一课以后，依旧在球场上奋不顾身地驰骋，上下一课的时候才觉得人十分不对劲，回教室简直无力举步，随时想随地倒下来全无知觉地睡一觉。刚一捱到座位上，我是全然虚脱了，通身冒出冷汗，如潮水样汹涌地从身体最里层泛滥出来，每个毛孔都像个缺口，皮肤和衣衫都湿透，眼睛似乎被水淹没，昏花得什么都看不见。头脑木木然胀大，昏沉，沉重，只得伏在课桌上，好久，才如退了潮一样，我在寒噤中清醒过来，而冷汗杂着热汗还阵阵往外冒，像是余波。勉强捱到下课，捱到回家，后几天里还捱着到校，对于病害的面目一无认识，虽然是甘苦几经，也丝毫不体恤自己；纵然终日神疲意茶，却还是以为自己应该能、而且仍然足以支持自己的身体，病害于我何有哉？肿包破了，淌着黏水，纱布、橡皮膏、药棉之类都又应召而来，行动又很不方便了。坐时要布置合适的姿势，不使创口被压发痛，行路必须处心积虑，防范药布会猝然坠落红尘。睡下来是比较无忧一点，但夜来总发着热吧，弄不清是天气来的热还是身体产生的热，汗是冷汗不是？这，我不懂，也不理会，只要白天能起来行走就行。但终于来了连续不退的高烧，病压服了我，我丝毫不能再硬撑了。我被重重地击倒在床上，病火炽烈烧炙，那样凶猛，似乎是醋性的，报复我为什么不及早对它加以注意。中医诊视下，判断我的病是“湿温”，就是伤寒，这个病只有吃药是被无条件允许，除此之外我只能喝番茄土豆汤，病转轻时稍饮些粥，喝汤要像中药那样，头煎二煎以至三煎，自己固执不吃一点渣，以为如此会好得快些。于是病火烧，饿火助威，整个身体蒸煮得熟透，喝下的汤也会变成水蒸气了吧。致使动一动手指或睁眼皮的筋和肉都煮化了吧——连这样的小动作都深感为难。本来生病我是内行，也算得好汉，轻易不哼一声；可是这场病不禁使我曾经一声声呻吟过。整天迷迷糊糊，热度随太阳的升高而升高，午后达到高潮，直到傍晚才通天透底的一身汗，热度才降下来，约摸三个多星期总算痊愈。中间热度曾退清又反复一次。这一场寒热倒使我创口好过一时，止了黏水。然而，像预备猛击的拳头先退缩下一样，

终于只不过很短暂的一个时期旧创便再次发作，而且比先前凶狠得多了。这显然是伤寒的影响。我放弃去读暑期班，父母亲忙着为我找医生。静安别墅里一个痔科中医家里，也就是诊所里，母亲同我去。他家里客厅兼作候诊室，而诊疗室则意外地又小又暗，要在开灯以后才知道怎样容膝。医生略一探察之后，领我们到我们已经候诊过的客厅里宣判说：病是“海底漏”，不必开刀，不必再看，多吃些补品。不知道那是说明我的病是微不足道的，还是很严重的，使他束手无策。不过这正合我意，我一直希望不要看，不要开刀。我不知道海底怎会漏？即使漏，又怎么会在我身上漏？在静安寺路上的另一个弄堂内，一个老年中医却说：必须开刀，再需打药线，上一种他的“祖传秘制拔毒去腐生肌长肉”的药，说那种药里面含有“龙骨”。我不知道这龙骨是从哪儿弄来的；“北京人”的骨倒有一点可能。他治病要的价钱和他的上古古典主义使我们不再找他。我同姨母找到一家痔疮治疗院。这个不称“医院”或“诊所”的“院”，有它谦逊和骄傲的理由：它是一幢弄堂房子；然而它有放病床的房间，虽然只有几间。那里的医生标榜用特创之发明的新式古法，“毫无痛苦，保险根治”，并且警告我说：“不去医治的话将来会祸延骨头。”他幸而言中的话，是我的不幸了。私下里我总认为他的话是商业性多于科学性。我们带了他自作自印的一本商业性带点科学性的小册子走出来，没有再去。一位有医师资格的亲戚察看我，用器械探知创口并不通连肠子以后，认为可以开刀，给我上了青蓝带紫的一种药水，并且给我们介绍了刘吉赞医师。我同父母亲来到一幢大楼的四楼去，我的心如同断线的纸鸢，虚悬慌乱，摇荡，无所依傍，比电梯升得快，升得一无止境。电梯乍然停住的时候，我的心像措手不及地遭到一个意外的、迫促的休止符，猛然一怔；然后，又说不出所以然地杂乱无章，像噪音振荡。我强自约束自己，找到外科“刀克透”刘的挂牌。护士是一位善于言表的广东小姐；刘医师则是一位侨华的美籍华侨。我很快地被决定开刀，他同时决定了五百元的手术费。

明天就要开刀了，明天，哦，只不到十个钟头以后，这一觉以后，这一段黑夜航过以后。时间不会就在今晚静止。一分一秒向后划，驱我向明天，哦，我带着心跳。

多少心跳的日子已算过去了，多少的困扰，多少的痛苦，我的身体，哦，明天就是一个总结束，又是一个开始，新的，摆脱灾害的开始吧。

但是，开刀，不危险吗？不痛吗？

没有关系，这是个小手术，即使痛苦，把它当作纸张撕碎，一分一秒地来忍受，便会多么短，多么微不足道！多少难过去的过去已经过去了，有什么将要迎来的事情不能过去？

安安静静地睡吧，夜里微风轻柔，马路上的无轨电车在我枕底驰过，先是轻轻的，逐渐响起了“嚓”的一声，在黑夜里擦出一个火花吧？

走廊里，护士汪小姐的步履轻叩，橐，橐，橐……辛劳的巡夜天使的脚步声。

这里多么安静多么安静！一切都会沉淀下来。

一切都像已经过去了似的。

安安静静地睡吧……

三、生命的边缘

听着起伏均匀的自己的呼吸，夏日清晨，一切都在酣睡，我也在酣睡，但我的耳朵隐约听得见，好像听得见熏蒸的暑热正在从天边散发开来。

没有风，没有别的声音，静静的，静静的。

“我”不知在哪儿，只剩有耳朵陪伴呼吸，静静的，静静的。

开刀！我突然惊醒，哪一种潜伏的意识勃然奋起，刺激了我！哦——医院！而且——今天！

开刀？我幡然觉悟了似的，心脏开始重重跳动，真有的事吗？真的就在今天？真的等一会儿就会在我身上发生？——一把刀，犀利的刀！插进肉体，割着剜着，而血……而我得经过死亡——或许就此进到死亡——不，不会——而今天蓝天如旧，尘世如旧，和不会发生什么的昨天没有不同。

开刀，是的，除非不会来，要求的总有一天，你难道没有准备？你不是睡在这儿等待？根除多年的灾患就在今朝，你不该为自己高兴？刘医师说只要剜掉烂肉，剜掉漏管，那么一小块就行了。只要一下子，只要一下子，以后长好新肉，我就永远无忧无虑，逍遥自在了！心，不要跳得太快，不要慌，这不过是一次小小的风浪。

可为什么心还是跳得那么厉害？

姨母醒来了，走廊里也有了人走动的声响，时间为什么过得特别快？太阳幸灾乐祸地爬升得格外精神抖擞，存心要赶早来看我怎样颤抖。

我努力克制一个搏动不安的灵魂——焦灼而又期望、兴奋而又恐慌的灵魂。

头仍然眩晕，发胀，又空空的，六神无主，脑海里是波涛轩然。

紧张的神经、疲乏的心神和饥饿的感觉使我连连呵欠，姨母因我的呵欠问我是否没有睡足，我点点头，又摇摇头，又打哈欠。

会不会有这样的侥幸：医生不来了？或者他忽然病了，或者他——

不管什么变故。再不，医院里手术间今天不空。再不……只要苟免，仅仅逃过一天也好啊。不，不要临阵胆怯。

揩了脸，较觉舒服，打起精神将自己整顿一下吧，就要面临那个重大的节目了，它像魔影，渐渐近了。感到窒息？那还是强自镇定为好。我试着哼哼什么歌曲。哼着哼着，不会像呻吟或者默祷吧？

——要来的来吧，我——在——准备！

通过敞开的门，我心神不宁地躺着，斜望着冷冷的走廊和走廊那边的楼梯口，以触电似的震动警戒每个碰断我视线的动物。

以目迎上来了母亲、四叔和姑母。

以不在焉的心听着、问着和答着房间里轻悄悄地谈话。

以溃散的心情听着父亲和医师谈着走上来。

眼睁睁地看着从楼梯口冒上来的刘医师，竟然“别来无恙”！

他立在门口随便问了几句，我强挤出一堆笑容堆在脸上——我绝望地欢迎。

有一位亲戚周医师和他的朋友另一位刘医师也赶来了。事情已经铁定，不能容纳任何妄念了。

三位医师去手术室准备。只剩下最后的等待了。越来越快的时间。

将一切置之度外吧，包括生命，这是一个需要将一切置之度外、付之一割的时候。我竭力镇定下来。

走廊里什么时候起已经热闹起来，护士，院役，来来去去，他们的忙碌都为对付我这个手无寸铁的少年人吗？一位护士进来，体温和脉搏应该是正常的，我相信已控制了自己，可是，她说脉搏有九十多跳。四叔问我是心慌吗，我不肯承认。

母亲来安慰我，我忽然想到母亲一定更需要安慰的。

啧，我已聚集了足够的勇气，可是为什么时间过得那样慢？

终于，终于，二位院役抬了担架来了，往我面前的地上一横。

喏，是时候了。

那东西好像也在我心里一横。

我站到地上来，觉得被人抬着太招摇，要大大方方地走去，像从容就义的好汉，要自炫不是弱不禁风、危在旦夕的那种病人。但是他们似乎以为“不受抬举”而自己步行去接受开刀是常识以外的事。我找不到鞋，也无意和无心将无关的举动把事情弄僵，便遵从他们的仪式，随他们将我像猎物一样装上担架，郑重其事地盖上单被。

打一个莫名所以、无可奈何的呵欠，装一个泰然自若的淡笑，望望四周亲人和长辈，我怀着从容就义的心躺了下来。

抬起来了，飘飘然，悬在半空的感觉，动了，恍恍然，从明亮的病室转到暗暗的走廊。

抓一个顺口的进行曲轻轻吹着哨，一步，一步，从边缘到边缘。

那边缘，那不可知的生命的极端，将会发生什么不可知的事么？一失足——被一失手——就要跌近怎样的命运之中？不，要跌在命运之外了！——不会，让我轻轻吹着哨。

走廊两旁站立了好些好奇的人看热闹！他们是别的房间里的人。谁在说：“侬看这小囡一埃也勿怕，还在笑哪！”哪位护士在频频解释，还帮忙夸赞。

到了，就在走廊的尽头的一侧，我瞧见手术室的牌子。然而我的身体却向它的对面过去，匆匆一瞥，横着越过我头上的却是“石膏间”的牌子。

雪亮的房间。是也能做手术的。我往下沉……往下沉……担架碰到了地，于是他们揭开单被，像揭开最后一幕。

仰卧在手术台上，腿分架在台两旁高竖的铁叉上，皮带紧绑，腿关节和股关节弯成两个直角，我像光赤的待宰的牺牲。

我右边，沿墙有狭而长的玻璃柜，柜上一排排列着“容光焕发”的药瓶，小架子上搭着一排透明的、薄薄的橡皮手套。左边，一排排药瓶，一组组想入非非的各种形状的刀、剪、钳、夹，搁在白色搪瓷盆里，搪瓷盆则放在一个可以推动的车架上。那些“凶器”闪着光，对我耀武扬威。门窗都紧闭着，这是一个让我透不过气的“刑场”。

我听见自来水放得哗哗地响，我看见汗珠从护士小姐的白帽子里面滚下来。我耳朵中轰隆轰隆的，眼睛蒙上了一层迷雾，我昏昏沉沉，是在一个奇怪的梦里吗？

刘医师赤着上身，系一件长长的皮围兜，头上箍着一顶小白帽。我家的亲戚周医师和那另一位刘医师穿着同样的白布装扮，只是没有赤膊，他们互相用外国语作着密谋。孤立无援的我像是置身异域一样。

他们从四面八方围上来了！是我的、还是我的病的最后时刻的开始呢？

我用平静包藏着心脏的忐忑的博击，淡淡看着他们对我的合围。

那另一位刘医师俯耳贴在我的胸膛上听听，在比较我两臂上的血管情况。护士抽好了麻醉针药，推过来一只高架。我右臂被仰搁在高架上的软垫上，上臂被紧扎一根橡皮管，再被屈了两屈肘弯，于是鼓出青青的脉络，像一条蚯蚓被翻出泥土。

是最后一分钟了。

“吴先生！”我吃了一惊，那另一位刘医师这样唤我。第一次这样被人称呼，真叫我不知所措，而尤其是在这样的时候。他高举着针管，说：“等针打下去，你数出数目来，一、二、三、四……”

让我看看这里的最后一眼吧，但只有天花板的深邃无垠的白茫茫的一片。

针，刺进了我的蚯蚓一样的静脉血管。

“一——二——三——四——五——六——七——八——

（眼，渐渐合拢了，将空间扔下，付与医师，带着执拗的希望和向往，从迎面而来的漆黑的时间里，平安地通过吧。）

“九——十——十一——十二——十——三——十——四——”

……

远远地，远远地，从远远的另一个世界飘来恍惚的语声。轻微地，轻微地，像微风轻轻的飘拂声，絮絮的细语声，忽然又寂灭无声。

奇异的广漠无垠的空中，或是海上，浮泛着一个仅只具有听觉器官的奇异的生物，古生代的，或属于另一个星球的遗孤孑然无伴，在没有空间意义的空洞里，在没有色泽意义的阴暗里，升沉起浮。透过太空，或来一阵隔世的细语如细雨——它听到——或又回复绵长而飘忽的如死的静默。

天空冻凝了，或海水冻凝了，奇异的生物遂静止，不再浮动，扑过来一阵浓烈如浓雾的药味，生物的形体渐渐扩张了，渐渐显现了，有木然肿胀的感觉了，有感觉不到轮廓的头颅了，有蠕蠕欲动的几点意识和感觉的碎屑了。

我，像是睡在两头结在对峙的悬崖上的吊床里，而密密萦绕着云雾。

是为了揽取一点清润的山岚吗，还是探寻下界的援手？我不自觉地一只手垂直下滑，或者是为了舒服一些？但旋即有什么东西轻轻地将它放回原处。我再艰辛地照样试着，又被送回来。

什么一种意念要挣扎着看看。挣扎着，但我找不到视觉，或许根本没有了视觉。我的前面，如我自己，是昏糊混沌玄虚的一团。我摸索，摸索，会动眼珠了；摸索，摸索，却撑不开粘结的眼睑。谁想过睁开眼睛会如此吃力！我渐渐使自己设法聚集了所能聚集到的气力，努力地绷，绷开了。但是刚等一缕光亮刺进来，便即刻像磁铁一样，眼睑上下重又合拢了。

于是，混沌又跌入眼中，我也再次跌入混沌之中。

但是，我能清晰地听见，而且听得懂人的声音了，不再是好像从另一个世界飘来：

“看，他的眼睛，动了，动了！”

真的，我回到这个世界上来了，我感觉了光，听到了声音，这——平常，实在是多么不平常的事啊！因为世界之外没有光，没有声音，没有任何的任何。我回到这个世界上来了，真的，这个我熟知的人的世界，这个我埋藏过记忆的人的世界。让我奔向人间吧，诉说我的历险，我的奇遇，以及世界之外的荒凉、空旷、窈冥和寂寥，以及我对人间意味的发现。但愿不再离开这个有温暖、有声音、有光的地方，以及我的欣幸，我的泪。

我清醒多了，知道了在哪里和为什么在。这是原来的病床，我向右侧卧，我旁边一定有好多亲人和长辈。

药味还是这样浓烈，每一呼吸它都直冲我的天灵盖，这是发自我身上的，再吸回身体里面，因为这样循环，所以药味不散吗？

我想起最重要的事：问问割过了的创口，只觉那儿是轻微地剜痛，木木的，又辣辣的，像是我的痛，又像是与我无关。厚厚的纱布绷着，裹着，那样体贴的护持，像是代替我的手在捂着。

灾害的块垒已经削平了！无忧无虑的明天已经浮现了！思念及此，我不由而然地感到由衷的欣悦，全身的细胞、血液、神经都舒松起来。

一个黑影遮上了我的眼睛，我勉力张开眼睛看看，我立刻认出俯身看我的是我的母亲。我也瞥见一位护士，是她，不让我的手随意垂下来。也知道了三叔、四叔、祖母、姑母、姨母都在这房间里。他们急切地等待我复苏。我的眼睛只能稍稍睁开一息，立即又闭上了。母亲轻轻地呼唤我，我尽最大努力和“如胶似漆”的眼睑作斗争，于是一霎一霎，欲开又合。天上星星所以闪耀也是因为睁不开眼睛吗？

要想告诉母亲我睁不开眼睛，很费周章地拼成一句话，待送出喉咙，却变成了咕咕一团声音。

“你高兴吧？”我听见母亲说。“已经过了这个大难关，从今天起就平平安安康康泰泰的了。”

眼睛一霎，我看见母亲含泪的欣喜跃然在光辉的笑容里，全心的感动，全心的庆幸，母亲比我更高兴吧。

我是确实高兴！我游离状态中的情感想聚集到脸上来表示什么，然而，聚集聚集，却拥到眼角里去了——快要泛滥了，我赶紧忍下去——没有这样软弱过呀！

“我脱离苦海了吗？”我情感激动地说，咕噜了两遍。

“是的——当然，当然，……”我再一次看见母亲眼睛里晶莹的一片潮润……但仍保持着未曾减退的笑容。

我脱离苦海了吗？

四 凯歌

又一天的清晨。这样璀璨绚烂的日子，什么都十分美好、舒适，触及眼睛的，都那么神采焕发、蓬勃、有生气。夏天的天竟然也会可爱：碧青、明丽，鸟雀应该不忍飞。一团团闲情逸致的云朵，低低地在窗前飘航，向我招展，似曾相识。气候，虽然热，竟也热得可恕，不燠闷 ，不干燥。世界是属于我的。

猩红的四个字"祝君早安"亮在我枕在头下的毛巾的边上，今天多鲜艳，多有意义！

药的气味还是弥漫未消。护士曾告诉我的亲长们，说我在开刀的时候，在失却知觉以后还猛烈挣扎，她们几人都弹压不住，医师再用了蒙药滴进我的鼻孔，延长和增加麻醉的效力。不知我哪一股可怜的、不散的、不屈的灵魂在我被"谋害"时替代我指挥了一次英勇的反抗，其心可嘉，其事却渺不可考，我自己一丝也不知有这回事。但鼻孔却有些冲人的不爽，药气味或许就是来自这嗅觉器官的本身。

昨天上午夏令节约时间七点稍过，我是"不省人事"的；下午三时左右才清醒，后来知道祖父中午抽空来看我，见到我沉睡的恹恹的样子，愀然一怔地愣在门口，以为有什么不测。经过可说是良好的，我没有反常现象，也未曾呕吐，以至曾经辜负了预置在床边的瓷盆和抽好的什么药针。医师告诉我的亲人说，沿创口挖去了一些腐肉，未找到任何漏管，血出的不多。夜晚是母亲陪守的，我安安静静地睡，平静又松畅。

过往的惊吓、焦虑和盼望，不都是无用的浪费吗？当一点点地逼近人所预计的惊险，惶惶无已，而从惊险经过，也不过事情过程中的一点，一点中的一点而已，一瞬而已，至多是较为大一点的一点。

人生的途程上播散着点点滴滴，是冥冥中的主宰着意的，还是随意的安排？

在惊涛骇浪中度过，或者在风平浪静中度过，都只是一瞬之间的"事件”而已，不值得对之反应出什么感情，即使愉快的感情。

可是，我为什么不愉快呢！它有益身心，况且这样豁然开朗的一天，使我不得不兴奋。含笑的护士小姐进来“洒扫庭院”。她轻巧地用棕制的小掸帚四处拂拂这里我看并没有的灰尘，再来理平床上我看也不太皱的皱折。我睁开假寐的眼睛，她问我：“痛吗，夜里睡得好吗？”我如实告诉她。

再没有惊恐了，那些已经遗落在背后，心跳是昨日的此刻，而此时是惬意、柔和，如我的枕头一样舒服了。

日子恬静如水了，恬恬淡淡的活水。我似沐浴于杨枝甘泉里。只要等待，等待“去芜存菁”的创口弥合，留住欢乐，挡住愁苦，那一天的霍然痊愈！那随我上天下地的一天，指日可待了！想起来就会跳起来，哦，我的心在跃动。

柜子里有父亲带来的贵重的糖果，花瓶里有母亲买来的妍艳的鲜花，枕边有无价值却有趣味的杂志。吃、欣赏和阅读，是假如我愿意不懒于去做的仅有的工作。椅子上还有来探望的亲友，他们脸上有关切和慰问的表情。生病也有生病的幸福啊！

我被允许进平时的饮食了，谨慎起见，还只吃一点稀烂的鸡粥，久受虐待的胃肠，伤心笑纳，别有一番滋味的。

稍微惊动我的是刘医师的到来。他在上午来，见了他，我觉得感激、亲切和歉疚。他也好像和昨天有什么不同，使我觉得亲近，不知道为什么。护士推着装满药品的推车，拿着一份病情的记录表格跟他进来。他替我除去一些最外层的纱布，我看见那上面沾着血迹，已干成赭色的血。宝贵的血，但是现在是可怕的血。这一天没有被察看创口，也没有换药。

又过一天，正是“八·一三”对日抗战扩大至上海的四周年纪念日。伤兵医院中悲惨但振奋人心的景象，家中为将士赶制寒衣的热烈而紧张的画面，以及沪滨弃守那天，教师领着我们小学同学尽情地、激昂地、哀伤又愤怒地、热泪盈眶地慷慨高唱抗战歌曲的一幕，是我对四年前关于这重大而且沉痛的日子所珍藏在记忆里的仅有的较深刻的影像。四年中，鲜血已染遍国土，而随着炮声渐远，这都市已渐渐消沉，落寞，一如我所在的这家医院里纯净的、与世无争的空虚。

十四日，早晨，门口出现了一个脸盆和手持这个脸盆的一个人。门外深暗光线的底子衬托出这位穿着翩翩的白绸绣花睡衣的女人，她像是偶然（我是觉得突然）耐不住一直生活在被广告画家营造的那种四平八稳、平淡凡俗的气氛中，而出游的画中人。她游到这以门框为框的画中来，袅袅地立着，歪歪地端着盆，却更像广告画。

怎么？她说话了——她怎么不会说话。到底不是描在空中的画像。不过，也该惊讶，因为我不知道她是谁。

她问我，她向我姨母借的这个脸盆，现在送还，该放在什么地方。“弟弟？”她抬抬手。

去漱洗的姨母回进室里来。

“这位是朱小姐。”

“噢，朱小姐。”噢，原来——大概，就是我的芳邻，神经衰弱症的被害人。

朱小姐，健康的淡黑的脸，大眼大眉的五官，面庞与之呼应，乃有所曲突，但“俏丽”总算在乘散漫而溜逃中被力挽狂澜地挽回了一些，那或许是“青春”的功劳。身段或许还好，或许因绸衣才显得婀娜。从她，我得不到神经衰弱症的知识，她比我看上去更不像病人。如果说“神疲意茶”是这种病的病患者应有的精神，她却不尽有，或许没有。在我看来医院是个有严重意味的地方，我以为她在这里是个不太适合的人。

她是和善平易的人，很善意地对待我这个病邻。

刘医师来了，她回到墙壁的那一边去了，护士进来，开始替我第二次换药。

开刀以后我身上就系了 T 形带，横的一根围着腰，直的一头从胯下兜到前面，兜往创口外的纱布，再与横的一根联系上。我将带子解开，听候他们处置。先被扯去黏得紧紧的厚厚的纱布，继而挤得结结实实的药条被拉拉扯扯地拖出创口。它像一条皱缩的蛇，我的神经紧张起来，极度地警戒，因为藩篱尽撤，就要正式弄到连血带肉的创口了。创口是生剌剌的，辣辣的痛，割开大概有二寸多，大概不怎么深。盐水灌进去冲洗尚不太撼动我，我怕的是引针裹着药棉伸进去绞。不过绞也不算太触动神经，像痛又像不痛，像被弄的是我，又像是医师在料理他的私事。我还怕重新打进去新药条，那种纱布剪成的长条碰在新长成的嫩肉上有如锯齿。我屏住呼吸，硬硬的引针一下下将它送到暗无天日的黑洞里面，搪塞得实实在在，自最底下直至抽出创口才功成引退，我得以松一口气。医师站直起来让护士贴纱布，贴橡皮膏，系 T 形带。

刘医师用酒精搽手，一边说创口已收缩得多，情形很好，很快会全部收合，只是里边还有一点注水，这本该干净的。我只注意前一半的话，心花暗放，如火花爆发，预祝我以为近在眼前的无羁无绊的自由重临。那永远的无忧无虑，现在暂时的苦难与之相比，简直是微不足道啊。我欣然宽恕不惬意的过去，准备欣然接待还会有的难受（一定是不少的），为了那难受后面的甜蜜的、舒心的（一定是恒久的）将来。

担架床又抬来了，这是要舁我去作肺部 X 光检查。

航行在楼梯之上的时候我着慌无已：抬举我的院役一在前在下，一在后在上，我仰直的身体随担架床、床随楼梯的斜度而倾斜。后边的那位假如肯再抬举我一点，那我会经济地一直滑到楼底，不必劳“架”。那样的话——一切都完了。然而，四顾茫茫，无已，只好索性将这一刻的命运托靠前后抬架者和远在天边的上帝，自己紧捏一把汗和一把床边的外包帆布的木杆了。还好，一路平安，安全降落在 X 光室的地板上。

昏暗阴森、恐怖氤氲的房间，故作惊人的机器虎视眈眈地站立在那儿。我喘气，觉得很吃力，似乎这趟下楼是我抬了别人，可见身体较前尤为虚弱——传染了精神衰弱症吗？摄影的设备准备好了。我被抬起来，推送到一块平置的平坦的金属长板上。哟，这样威武不屈的硬，拒人千里的硬，而且冷冰冰的，对我势同冰炭，睡一分钟如两分钟，创口发痛了，虽然由于自己压着，但是这块铁板，它也不能辞其咎。但是隐痛谁知？X 光医师还在从容打理，观察，摆布，瞄准，校对，用手从 X 光机的镜头下切下来，好，切齐肺部，于是夹底片的板塞到我背下，于是我听见："喂，不要透气。"我便如所吩咐，憋住一口气。"咔"的一声，没有亮光，我想总算照好了吧，但是没有解除不准透气的命令传来，一直到出院，到以后的以后都没有。到底不甘长眠在这块铁板上，我冒昧地偷偷私自呼吸。

朱小姐再看见我的时候说，看见我的房间空空的，以为我出院了。我以人证证明不确。

金小姐、薛小姐、何小姐几位护士，我接二连三认得了。

金小姐，一言便知的宁波人，爽朗，结实，干练。最怕她喂我吃蓖麻油，这种缺德的油，有糨糊的缱绻，胶水的缠绵，猪油的腻味。假如真的就是这三样东西混合制成的，我宁愿一样样分开来吃，一定会比一下子吞下这种根本不预备使人下咽的合成品要好。她喂过我两次，我还从她手里每天饮一小杯有杏仁味带苦味的药水。尽管苦，只要苦得爽朗，不要油得结实便好。薛小姐大概是实习护士，娇小，灵活，弱不禁风的身材，袖珍地美丽，不知为什么，我最愿意她为我服务。淡月轻风的何小姐，娴静，平和，她那时值夜班。

她们都叫我“弟弟”，不时还加上“小”的形容词，这是她们“自视甚高”之故，假若我站立起来，我相信我不会矮多少，虽然年龄可能望尘莫及。

护士职业是神圣而辛劳的职业。她们在医疗工作第一线日夜战斗，在人成为病人，最不幸、最需要帮助的时候，直接面对他们的呻吟和血泪，作出忘我的、毫不松懈的奉献。护士必须有责任心、耐心、仁心和狠心。虽然医师也要求有这些品德，以及更高深的医疗知识和技术，然而一般来说，护士在待遇上不同于医师，要清苦得多。

十五日，晴而阴而雨，是夏天的阵雨，下在下午。乌云油然而作，雨水沛然地愤世嫉俗地捶击下来，千军万马的声势，最大速率的冲刺，哗，哗，集点成线，集线成面，从天顶挂下来巨大的水幕，冲啊，冲。凉台的地上一个一个的水泡，一个一个地破灭。透过纱门传来阵阵尘土气，清滤过的新鲜的尘土气味，沁人肺腑，或许是雨水夹带了天堂上的神仙气。哗哗直响。天有什么积郁要在顷刻间倾吐，急不择言的结果只有哗哗的一片，吃力的聒噪。

我在无声的白色的氛围里，清冷，寂寞。漫天的雨声喧嚣嘻闹，所以寂寞浓缩地挤藏在狭隘的这里了？挤走蓝色的幽思，绿色的遐想，青色的追忆，红色的憧憬，灰色的哀愁，而只有浑然一体的白。白，是寂寞的颜色。

这里没有时钟，待在这里该算生活的停摆，生命的外一章，是不能计算时间的。也许是医院的好意，怕病人对着慵懒的时针会发愁。可是，夜的无边使人惶恐，雾的无形使人迷茫，没有格子的时间叫人更愁。

我想起——因为听说医院里有病人死了——那个干瘪的外国老人，会就是他么？游丝样的呼吸，渐轻……渐弱……而中断？而无牵挂地、无依靠地、飘逸于大气之中？魂之所以缕缕如烟？而渐渐消融……而寂灭……？而风仍然吹拂，云仍然流动？

哪儿飘来的口琴声！湿漉漉的，断断续续的，外界的消息，被雨水打潮，打零落，抽抽咽咽，抑抑扬扬，平心静气的悲哀，浸在悲哀里的小心翼翼的喜乐，感叹。

不知是十六日还是十七日我出院的，是由于别人催促：有人要住院，院里客满，便来情商，经刘医师的认可，我就从这故事开头的地方，带了未结束的故事“走”出来了。

当自由到来，我心里是说不出的——但是觉得出的兴奋、快活。当脱掉病服，换上自己的旧装，如同重遇故知。当我重逢睽别已久的的敝屣，我好像是最先发现了“鞋”这样东西的人。

踏到地上，我就好像真的会飞了！展翅空中了！飞？——确似腾云驾雾一般，双脚似踩在棉花堆里一样，上重下轻，飘飘然。

我坐在颠簸动荡的藤椅上让院役扛我下楼，在告别护士和邻居病友以后，在付清房金和其他许多名目的账目以后。院役面有不悦之色，因为这项“抬举”是由我们情商他们才赐予的。这大概因为一切帐，包括小账算清以后就可算无甚瓜葛了。我如坐针毡，一则因为这额外的服务打扰他们；二则还因为颠簸的藤椅顶撞我尚未收合的创口而痛得紧。

门外的阳光多好啊！满园的灿烂，金晃晃！我多久没有看见了！太阳来寂寞地晒过几遍了么？它温暖的地毯铺上门前石阶，每天在这儿转悠徘徊？为门里面不幸的人们忧烦焦灼？真的，不然它为什么这样热烈地拥抱从里面获释的我？这样热烈，我全身都暖烘烘的，全心都暖烘烘的，我真欣悦，我要熔化啦。

它摆一摆手，它抚摸过的花草树木这样蓬勃，这样光辉，我从未见过这些东西是这样美好。

坐在人力车上——我蹒跚地爬上去的——向背后的楼房投以告别的

注视，那儿不应该让人留恋，但是在那儿住过，受苦过，被救援过的人在别离的时候都不免依依惜别。这一刻，我看见它长得庄严、伟岸、像是荒凉的边陲上孤单单的捍卫国土的堡垒，令人感动。它是保卫健康、保卫生命的堡垒啊，愿它好，愿它里面的不幸和并非不幸的人们都好！

这路上匆匆忙忙的行人都好吗？我回来了，回到大千世界，回到人群里来了！

车，缓缓前进，父母亲步行护送，我左顾右盼，在在都吸引着我，让我感到亲切，虽然在在都冷漠和自顾自，一如往常。我有飞跃的心，舒畅的胸怀，有愉快，虽然这凯旋的行列是简单的，还有这明亮温暖的阳光，没有什么此刻我不原谅。

我吹起凯旋的口哨——很想大声唱出来。

在弄堂口接受朋友的招呼，以尽量愉快的音调回答他们的问候。在弄堂里向从不交往的大人点头招呼。

我回来了，回到房舍虽小而自由广大的家。

五、阴影

但是我还得躺着，躺着以床为伴。

蜷缩一隅，这是个不明亮的房间，我从医院移过来，在这儿等待，完全的解放会知道么？会找到我么？我以为是是，而且是不久。

所以我心恬意适，好像万事俱备了。看看指甲，看看日影，看看纵横枕席的落发——开刀以后头发就大量掉落，想是麻药太猛，摧折我的青青少年发。打呵欠，做白日梦，百无聊赖。

而且寂寞，有嘈杂的闹声中的寂寞。小贩的吆喝声，孩童的叫嚷声，妇女们喋喋不休地话家常，还有隔壁小巷中的谩骂争吵声。

我乍回这个本来熟悉但不注意的声音罗网中的时候，觉得可亲可喜，更觉得可惊。如此唐突放浪的音响，和医院里如海底一般的宁静，对比之下，怎不使我震惊！旋即觉得可厌了。

就不免怀念医院里的清净怡和。

刘医师也移驾来此，壳壳壳的脚步声在上午在我心跳忐忑的时间里震响。他来了。“好吗？”我回答一声“早！”他褐色的双手“如切如磋”地搓搓，便替它们的主人打开豪华灵巧的医药箱，排开雪亮的小蒸筒和一般器械，以及灌洗创口的盐水等物。

他身材壮实，年纪呢，如果说还当壮年，那是属于枯黄的壮年。个子不高，动作和外表一样给人以厚实的感觉。发甚稀疏，颊甚松垂，迟滞稳定的光从眼睛里与眼镜片的光一同闪射。替我换药的时候，不知是从他口里还是鼻孔里常常发出不知是气喘声还是打鼾声的声音。

那天，又一阵大雨过后，街上、弄口都积满了水。记得我生病之前，曾在这样的水中行走，淌着没去整个大腿的水，夹着书包，摸索茫茫的路。世界已沉沦，已经没有路了，只有茫茫一片，茫茫的水反映着所有的人和物的晃动的影子。那么多的混浊的倒影，我踢着高楼的顶尖，跺踏污染的云。哗，哗，水在面前分开，沁凉的，奇异的趣味。刘医师那天竟然照旧来了，破水而来，破了我“他大概不来”的侥幸之想。他是忠于职责的、有修养、有品格的医师。

创口逐渐地收缩，收缩很多了，塞不进多少纱布条了。刘医师说，如我这样情形的，通常手术后两个星期左右就能完全收口。

那么很快了，哟，那一天我就能从这可厌的床上站起来，就从此站起来，从病堆中站起来，霍然而愈，焕然一新，像换了一个人似的，再也无忧无虑了。那么我将怎样从这儿像挣脱桎梏似地跳起来，奔跑，奔跑，奔跑，尽所能地快，尽所能地远，直至筋疲力尽，倒下来，倒下来贴着地球的脸，抚摸着地球！

然而长久的期待是焦人的，牛步的日子，蜗牛步的时钟，遥遥无期，还得多久才会将我带到我想望的时刻啊！我渐觉不耐，不耐如此平白无聊地，眼睁睁地躺着。我渐觉难熬，芒刺在背一般，有什么在咬噬我一般。有什么在我体内痒痒地攒动，咬噬，被惊动的蛰伏的虫豸在泥土里挣扎一般。

嘭嘭嘭，有人敲门，久久无应。嘭嘭，嘭嘭，委婉，然而固执的轻响，似乎在引诱我，震憾我心旌动荡，嘭嘭，嘭嘭，一股意念好像被唤醒，惊乍而张扬，贯穿全身，化为力量。嘭嘭，嘭嘭，我的脚探下地了，软绵绵的，怯怯地朝门的方向探索。嘭嘭，嘭嘭，行走在魔境中一样。

我替敲门的人打开了门，也就打开自己的自由天地之门了，在回家后的三四天。因此我发现了自己行动的能力，也就是摆脱不耐和难熬的能力。我不再脚不离地厮守病床了。

刘医师叫我上他诊所去继续医治，在他屈驾过六七次以后。不知道这是因为他懒于行动，还是知道了我乐于行动。

初次去回拜那天，我很高兴，欢跃，飞一样地轻松，对于一个好动的少年，十多天的闷守医院和家是够受的啊。我深觉闹市天地的辽阔，熙来攘往的人群的可爱，忏悔自己怎么人云亦云地讨厌过这样美好的尘世。

母亲同我去了他的诊所，那儿我们曾去过一次，在四楼，颇大的写字间，很恰当地分隔成挂号、候诊、诊视、诊疗几室。

候诊室有不困人的幽暗，阴惨，带点柔和。只有一扇窗，从窗外来的光线像随意的施舍，有半室沙发，挤在一起，有玻璃蒸馏水缸躲在墙角，倒植木架上，闷住自己。那边琳琳琅琅挤满一台的是银盾银杯之类。横匾横幅则上上下下地爬在墙上临空呼应。“妙手回春”“起死回生”，“仁术济世”“恩同再造”等颂辞分布在银的和横的东西上。横的和银的各有它们不同的历史，却都有现成的感想。几个有名的病人——生过病的有名的人——的名字嵌在几个地位（任何角落都有他们的地位）最显著的银盾上，循循善诱地。

从候诊室走出，向左转，便正对我称之为诊视室的地方（它的门外的写字台便是挂号之处），一眼就能看见室内穿白工作服的刘医师，正襟危坐在他的桌前，目不斜视，好像教师严厉目光下的不敢妄动的学生，好像对门外的动静一丝不察。但是当我们刚一踏进室内，他却好像猫似地忽然乘人不备地点头，起立——点着头起立，引介我们走进与这间相连的最里面的一间。

那是诊疗室，满室刀钳照眼明，大橱小橱里，奇形怪状的，张牙舞爪的，叫人心寒，叫开过刀的我触目心惊。哦，手术台！和医院里的差不多，临窗搁放着，刑具齐备，只等我来登台受检。

每天，母亲都陪我去。

我熟悉了经过的每条街，哪些商店，哪些广告牌，哪根电线杆上有褪色的招贴，哪堵墙根总跪着蓬头垢面的老乞丐。我熟悉了大楼的门警，电梯里的开电梯人，熟悉了候诊室的幽暗，以及候诊室里那些画报和画报上一页页蒙上灰尘的故事：女学生街头募捐；脚踏车上的人歪着身体歪着嘴探索钱囊；女明星扬眉欲笑；大人物出现在飞机的舱门口，举步欲下，又兼筹并顾于并不畏惧照相机的姿势……

熟悉了那位广东籍护士。

她走来候诊室说医师叫我们到里面去。

她走来叫我们进去。

她走来向我们招招手。

她走来向我们看一看。

……

我们立起来，跟着她的白衣进去，一次，又一次……

我熟悉了爬登手术台，高架两脚在两旁，如开刀时一样，熟悉了钩起脚背，捱受钢针硬钳捉弄创口。我汗出涔涔，在医师问“痛吗”的时候皱着眉头说不痛。

一次，一次，“手术后的两个星期左右”过了，不论是“左”还是“右”都过了。T形的绷带，带里的纱布和药棉的软垫跟随我不止两个多星期了，创口怎么还不完全收合呢？

虽然似乎较前收得多了，但似乎又并不，我心里有惶惑之感，似乎看见眼前的好景蒙上了阴影。

那只是被蒙上阴影吧？那不是海市蜃楼吧？

我们把我们的疑惑暗示给医师，好像迷途中望着带路人：“几时到目的地呢？”石阶，电梯，幽暗的光，水缸，白衣，手术台……几时可以不再在我眼前盘旋呢？

带路人似乎加紧了，因为我的脚钩得更紧，汗出得更多，眉皱得更深了。又增添了一项打针，隔日一管维生素B和C，手臂上啜取过麻药汁的青筋被逼暴露出来，暴露在萎黄的灯光下，萎黄的灯光洒落，沾染我满臂满怀，沾染白色的手术台，以及白色的医师和护士满身。又尖又

长的针啄进青筋，针管里泛起赤血——在整片如雨的黄色里，可惊喜的鲜艳活泼的一撮红。又以深褐色的不知什么药条替换原用的黄色的药条向我的创口里填塞。

然而，是塞填不平的苦海吗？

我总有所惶惑。

从诊所出来有时在大街上逛，在拥挤的人潮里我随波飘荡，苍苍凉凉，觉得迷惘，好像在雾中，好像失去了什么，好像找不到一样记不得是什么的遗落的东西。——噢，是没有得到什么！我该得到的，唾手可得的，没有得到，而且好像离我越来越远了，淡化了，隐没了。

好像我和滚滚人潮渐渐离开了——好像有一股什么暗潮在推我，搡我，渐推，渐离。

只有在弄堂里嬉戏是最能令我忘忧，忘记惶惑的时刻。我跋涉到弄堂口，加入孩童游戏，吵吵玩玩，竭力不显出病态，做出行动自如的样子：踢踢脚边滚过的球，试试我很难驾驭的脚踏车，一如毫无累赘，也忘了有什么累赘。

也常常想到要多休息休息，也常常自己警惕。自劝、自哄，也常常奉行的，不过只像按球入水：按捺自己躺睡一会儿，就想坐坐也不妨，那么在室内踱踱也不妨，于是就自然而然地踱出家门，像球重又在水中汆起来。

光阴像翻书一样快，学校暑假先我的病而结束了。开学了，原来读较有名气的学校的暑期班已半途而废，现在读的学校里我还要做落后生吗？我极其不愿，和父母争着要上学，要不顾创口，带着创口去上学。商议之下，暂先请假。问了刘医师，他认为我要上学也不妨，不过，“再有两个星期这病总可以了”。

不过，我已能觉察到身体已渐渐衰弱。

我的病哪时结束呢？这有血有汗的暑天使人焦炙的噩梦哪时结束呢？带着久远的负荷，从久远的时候起，重重关山，重重艰辛路，越过，捱受过，一回头犹能看见灰暗、深厚的风尘里我的创伤。捱受过手术间里的沉重的时刻，以为那就是转捩的瞬间，旧的纠结、赘疣，都会迎医师自信的手腕下的刃而解；盘根错节，山穷水尽的迷途会就此在我的脚下开阔。然而依然只是魔域的迷途中的一程吗？背后的灰暗追逐我，我前面也仍然是迢迢其悠远兮的深厚的灰暗吗？——然而，刘医师并未表示出他信心的动摇，好像还是那么有把握。那么，让我重新拾起希望吧，让我用希望震慑住我的忧虑吧。

六、暗潮

像翻书一样快，向学校请的两个星期的假过去了，可是病并没有过去，而在演进。

创口大概只恢复到开刀前一样，留着小孔，黄豆般大小吧，似乎不肯再收缩，仿佛它有保持这种限度的权利。

和开刀前一样，洋洋洒洒的黏水从小孔中渗出，药棉纱布块都难以兜住了，一层层渗透出来，使那洁白的药棉和纱布赫然色变，带点淡血，带点药膏的深褐色。

一样：身体是困顿萎靡，打不起精神，却打得出呵欠，睡下去就想永远不要起来，坐着就想要睡觉。或许，还时发微热。

我身后的累赘，那幽幽的暗影已膨然大张了要扑噬我了么？那一直未干燥的涓涓注水渐渐变成巨流要吞没我了么？一切都没有变好，都和从前一样不好，这一个月来的重大的时日都只不过在噩梦中，在迷津中转圜吗？

也一样：我懵懂于疾病的面目，无知于对身体的认识，以及欠缺于身体对于疾病的应对之方。

而对于到期的暑假兴奋迎候，决定要不顾那微小的创口去撵上那安排好的差不多等于安排好现代人的命运的学校学业，认为上学是最最紧要的事，不论在什么情形之下。

虽然父母阻挠，但是医师拯救了我——不是指疾病，而是上学的心愿。他说可以上学，可以一面读书一面继续看病，可以每天在课毕之后继续去他的诊所。

记得是星期六，记得校舍是冷冷清清的，像闭了嘴的话匣子，我三步并作两步地跑上楼，找到“初三上”的教室，心里是掩饰不住的无限的欣慰，就像脱险的俘虏重新回到队伍，我真想为自己欢呼出来，然而同学接待我虽然也盛情，然而是心不在焉地，或是冷漠无情地，我过分的欢喜好像落在不实在的地方。

夹着新书，我走在回家的路上。

走在上学的路上。

……

先几天是十分有劲，不知哪儿来的神奇的力量支持我，使我迈着大步——虽然右脚走起来有些不适。我昂首迈着大步，俨然是在队伍之中，远离了樊笼和病的魔手，再也不会被正常的生活排除或遗弃了。

渐渐，我是走着下坡路。不是，不是走得更快更容易，而是渐渐差劲了。不是什么力量在支持我，而是在鞭策我了。

整个的人都差劲，常常忘记这，忘记那，对什么都只能捕风捉影地捉到一点，课文在我脑子里只是几个零散的铅印字，别人告诉我的话像是几年前说的，常常在马路上还强读英文生字，然而生字，似乎总不肯适当地排列好。有时，上课了才忽然想起——忘了带书包。

恍恍惚惚地，什么都似过耳清风，过眼烟云。我待在阴沉的困人的云雾中一样，混身不适，不论是动作还是呼吸，总好像有云雾缭绕纠缠，滞重沉闷。脑壳中也云雾充塞，印什么都只有影子的印象，越是用心力去追认，越是云雾翻腾，迷蒙，于是越是迷糊不清。

不能感觉自己有一个干脆浑成的形骸，只像化开在吸墨纸上的漫漶的墨迹，半汽化的馍馍，泡涨在水中的棉絮，濡湿，支离，像全身长了霉，像有云雾缭绕。

身上，尤其掌心总是软绵绵的，潮潮的，似汗，却不是汗，捏着一把青苔似的。手背、背脊和后脑勺的神经梢上像长满了痱子，不然就像有虫蚁在咬啮，总有刺刺的发麻的或是痛或是痒的感觉。

最最想做的事是：睡。在学校里，上课时，我双手支着千斤的少年头，神志沉醉，只等一下课就双手一放，枕肱而寐那好景不长的十分钟。

讨厌的还是创口，药布不能尽绵薄了，黏水常常渗透出裤外，还蒸腾出混和药膏的腥朽的气味，自己也都隐约嗅到。坐，又是烦恼的事，一叠纱布和药棉硌在创口和硬硬的板凳之间，制造隐痛，于是只好不正地歪坐。

一次在校门口，一个爱闹的同学无缘无故地走来就敲我臀部，狠狠地敲了我一下，敲个正着，正是创口部位，痛得我无地可容，欲说无由，欲哭又不好意思。这一下的好处是使我因而一直记得他。

一次，朋友邀我跟他们去玩踢皮球，说身体不好更应该锻炼。禁不起这种怂恿——这种附有一点理由的怂恿，我慨然又有所不自然地跟他们去了。常常心之所想被自己的告诫镇压下去的时候，只要对方有一点理由诱惑，我就往往镇压不住，而应允自己去做。理由，有时候是自己找出来的，到处都找得到理由，世界上多的是。在球场上，玩着玩着，我起先很小心翼翼。玩着玩着，我就得意忘形，大步奔跑起来，似脱缰的马。如此放胆如此尽情如此开怀随意，是许久没有的事了。啊，真痛快！可是，一离开球场，我却像泄了气的皮球，没有一丝动弹的气力了。要想走回家，我却像本来就不能行走的东西似的，我情愿让脱缰的马来拖曳我。我十分勉强地行了一段路，我说不行了，不行了，有一阵什么——或许是冰冻——要从心底或是脚底泛滥上来了。好像要开始最严重的呕吐了。好像所有心肠、肺腑、灵魂都要在一时间翻腾喷涌出来了。同时，我浑身发冷，颤抖，眼前升起无底的黑暗，耳朵里有尖利的鸣响声。我是丝毫不能动弹了，好像就要这样径直地死去了！朋友扶我倒在一边墙角，说我的脸色煞白煞白。我通身冒出大颗冷汗，半天才喘回一口气，半天都说不出一句话。

创口每况愈下，黏水涟涟，渐渐增多，常常涌溢太快而顺大腿流下来，沾染到袜子上。

家里人说我面色非常不好，变成憔悴的焦黑，近乎咖啡色，又近乎土色了。我不承认，自认这是我的“英雄本色”。镜中的面影倒是瘦得多，面庞是倒三角形，面色似乎有些黑赭赭、青苍苍，但是我摇摇头，不愿低头承认。

母亲押着我到一位中医那儿去检查检查，看怎样珍摄调理为好。这位中医医生姓丁，他用三根指头不轻不重地在我手腕上按察在我体内潜行的血管，追究阴阳五行的各该管的近况如何（念念），殷殷扣问，以探隐情。一枝毛笔便流出了脉案，开头就是：“先天不足，后天失调”，惊人之笔也。他说须大修特修才可挽此危厄。不能行走，不能活动，更不能去上学，除了“一枕黄粱”之外，不能有其他奢想。这就是说凡是我所怕的就正是他所要我做的。

但是我生性倔强，不听忠言，仍然行走和活动。

走在上学的路上。

走在回家的路上。

……

渐渐是颠踬难行了，不是什么在鞭策我，而是什么在阻碍我了。右腿被什么牵扯着似的，不能抬高，不能着力，于是每行一步就带点拖，带点颠，在踩到地上的时候会响应出一阵疼痛。我有时任性地狠狠硬往下踩踏，要踏碎困顿，要踏碎疼痛。

如此蹒跚地拖踏在灰暗的人生道路上，是从此开始步上更暗淡而苦涩的一个天地中去吗？

一天如厕的时候，药布落下来了，我要母亲替我重换一块。我趴在床上，透露腿部疼痛的事，本来我隐瞒不说的。母亲审视一番说，上腿一大片都热烫，油亮亮的，是肿了。我自己抚摸一下，觉得真是这样，一大片糯软，发热，那处的皮肤也都焦皱，色败，像不新鲜的食肉。我翘首怅望，茫茫然，似乎自言自语："这……没有关系吧。我想，一定，没有关系……"

那天，大概是九月十八日，大楼空空的，许多办事处都休假，无数的窗户紧闭，像闭了无数的眼睛。大门打着呵欠，因为缺少人群让它吞吐。电梯瞌睡着，在梦它自己每天猛升猛降的游戏的可笑。

我和母亲只得拾级而上。阒静的古堡，拾不尽的阶蹬。开头，我装作从容不迫地爬登的样子，一步，一步。不久右腿的沉重就与级俱增了，而疼痛亦"亦步亦趋"，且逐渐增涨，我就越来越颠踬起来。母亲叫我走慢些吧，我却不服输，又不得不放慢，"步步为营"地往上拖，往上拖。四层楼的最后一级上，我喘息着，心突突跳着，头冒着热气，像到了站头的投荒万里的火车。

刘医师虽然是华侨，但到底属美籍，所以虽然是"九一八"这样重要的国耻日，他却不休假。

我上手术台的技术由几十次的实习，熟能生巧了。但是现在，要好好仰卧，将腿架好，我必得付出许多疼痛的代价才办得到。

母亲报告了腿情的演进，刘医师说要好好检查。

哟，今天，一次又一次，钢针，或者钳子，在我的创口里又绞、又挖、又钻、又凿，在深层里耙着、掘着……一次又一次，直叫我屏息，抽气，直叫我肩和头、眉和眼都挤在一处了。

"哟。"

"痛吗？"

"哟——不痛，"我还是嘴硬。

有暖暖的什么东西从创口流下来了，大概是血。

"有一个……"刘医师似乎有一个发现。他离座走到窗前，对手里的钳子上的一个什么东西说："一……一块，嗯，碎骨。"

碎骨!

碎骨？怎么会有的？对我的意义是什么呀？……

母亲走过去看，说半瓣瓜子壳那样大小，扁的，曲突不齐，白色，如面包屑一般。

刘医师站着不动，考问着钳子，然后走过来再挖掘一遍，又一遍，然而绝无仅有了。那是唯一珍藏的一块。

红十字会第三医院的操场是宽广而寂寥的。近午的阳光底下，小草碧油油。我心里满生着草，毛燥燥的。持刘医师的介绍纸条到处寻问他介绍的一位医师，和报上的寻人广告一样难有下落。找到了，可是得等，等着看日影移动，看愁眉苦脸的病人进来，看捷足先登的愁眉苦脸的病人带着捷足先登的骄傲出去……晌午时分了，才听到大赦似的，听到唱我的姓名，随唤上楼。医师一面在用午餐：吃面包，喝牛奶，一面问我病情。然后领我再下楼来，将我和介绍纸条一齐交给 X 光科的人。只不过是照 X 光，其实不介绍也行的。

X 光照片拿在刘医师手里，他举着，迎着亮，公诸同好似地与窗共赏。照片上是两条骨影，黑底上不清不爽的两条白骨：右股骨上段右正面，和左正面。照片上应该还有我在照的时候所忍受的因为铁板（底片板）垫在肿胀的腿下而生的难以忍受的疼痛的影子。X 光照片的报告纸上横行几行打出来的英文字：“症象：这儿是没有明确的骨头变化在当前的片子上。结论：没有骨头变化显示。”前次肺部照得的也是金瓯无缺，只除了些微已结疤的钙化点。

红十字会第三医院的候诊走廊是幽暗而拥挤的，为了根究碎骨的“发祥地”，我们再次来等，等，等。刘医师叫再照照盆骨看。记得这已经是十月了，光阴啊!

我在刘医师的诊疗室里整衣束带。这天的换药是轻松爽快的，具有留念的价值。刘医师只弄那么两下子就替我换好了药。刘医师同我的父母亲在隔壁不知谈些什么。有什么变化么？事先他特地要我父亲也来的，要告诉他们什么呢？或许告诉说我的病可以结束了——或许……哎，总归是凶多吉少吧——不过或许……我慌乱惶恐又存点侥幸，去推开门，看见刘医师指着盆骨的X光照片讲："所以最好请你们找一位专门骨科医师。"

"好，再会，再会。"我们鞠躬告退。

门外，母亲对我说："你知道刘医师说你生什么病吗？"

是——T.B.in Bone。

七、丕变

Bomb!——不是一颗炸弹炸开吗！？

毁了！一切！

——我的上学的意愿，我的（即使是损伤的）自由，我的（原来是鲜红热烈却暗淡了的）希望！

那经年累月的病魔的侵害；那两个月来的风波，颠沛，挫折；那惊惶，庆幸，再是惊惶，庆幸；那焦急、忧患、喜乐和喜乐、忧患、焦急……荟萃，堆积，增长……翻腾，起伏，反复……却没有酝酿成——没有塑合成希望和幸福的果实，却浑然纠缠地在轰然一声里不容踌躇地毁了！

碎了！

碎成片片……

犹如片片金花，在头被猛击后在黑黑的眼前乱舞。

却突然呈现一个深不见底的病苦的深渊，蓄满深不见底的苦水待我吞饮。

哦，是开始转到一个新的境地，将要转到泥淖里，一个漫无边际的十分艰辛的、险恶的、难以自拔的泥淖！

哦，惨淡而苦涩的灾难的新阶段的开始！

“哪，你所瞩望的都不会到来，所有‘胜境’都尽在你破烂的过去之中了。你挣扎吧，躲闪吧，嗬，没有逃出过病之手！病之手将愈收、愈紧。哪，那是你的前途……现在，你得再去睡上病床！剥去残余的自由，去睡……”

“三个月！”这是中医骨痨专家陶慕章医生说的。

“西医说耻骨这里不好？唔，耻骨这里是坏了。这张片子上耻骨很模糊，侬看，没有旁边的骨头清爽。”

这就是生“穿骨流注”，或则叫做骨痨，也就是骨结核——骨头的T.B.。

“你们这位少爷十五岁？腿刚刚肿起的？早点来看就好啦，再要不看的话就要破头，穿出来，出脓！那就麻烦了。痔漏本来不应该开刀的。不是开得不好吗？腿也肿了。弟弟，喂，我看看侬的背脊骨。背还好，没毛病。我看这病是这样的噢：一方面打针，打‘奥斯特灵钙’，一方面就吃我这种药丸子——‘疗骨痨’。我还有一种敷的药膏，消肿的。这就是内外兼治，外消内清啊。肿就会消的，哈。时间呢，我看起码总要几个月。”

“几个月呢？”

“三个月。毛病不是一时头生起来的，所以也不能马上好。刚刚出去那个小孩子，初看的时候膝盖肿得‘邪气’大，现在已经消得多了，差不多好了。他也是看了交关辰光。至于读书，当然不能读，弟弟回去以后要好好困好，千万不能动，一定要静养！”

“好，慢请慢请。” 我们出门的时候，他客气地说。

“骨痨专家陶慕章”的金色字的玻璃门安在闹市狭弄一幢石库门房子的西厢，与以如簧之舌为谋生工具、以糊其铁口的“星相命理哲学家”某某的法门双扉联立，引人兴起一种说不出所以的联想。“病”和“命”的两扇巨大的黑门是有史以来人类就频频叩问的。它们有同样的沉重的、严肃的和逐渐淡褪的神秘。无数瘦小的人类的手一个个怯生生地摸上它们粗大的铜环，碰起一声声“震古铄今”的空空闷响。

引我到陶医生诊所来的是他在报纸上刊登的煌煌广告：“骨痨一症，最为难治，或因（什么什么）而起，病顽，日久，缠绵床第有至十余年者。轻者易罹残疾，重者竟尔丧生。本医生悉心研究，发明‘疗骨痨’药丸，专治此症，功效宏大，成绩卓著。不论已溃未溃，定卜药到病除，欲问是真是假，只要用过便知。”

引我们看医生的是“疗骨痨”——他诊所中的挂号柜上兼理这种药

丸的发售业务（这似乎就是一种暗示或鼓励的广告设计）。父母亲带我来此，买了药，自然而然地挂了号，来看这位医生——这位药丸的发明家。

父母亲和我“慢请”出来，我乘人力车回家，车夫精确地停在弄堂口，精确地不肯多拉一步。我在小弄堂里暗扶着墙，一步一跛地来到家屋。谁知这步履也弥足珍贵！以后再在这里，或别处，即使像这样的不倚持地行走也不可得了。

我睡下了。这是民国三十年十月六日星期一的下午，中秋节的后一天。从陶医生诊所出来，我便睡下。

一倒下就即刻倒入了睡眠之中，原来每一部分，每一粒细胞都积累了急待疏散的许多疲倦，像庐舍早被蛀空，又像高山积雪终于顿然崩坠。我崩坠下来，颓然颠仆，整个躯体支离痿痹了，溶入了梦中。

而热潮涌起——像从梦里蒸腾出来——通身似在被烧炙。炼狱中的火，沸烫的梦，我是软而熟而烂而臻于化境了。所有两个月来的撑持、抗衡、不屈，都焚尽了，病对我宣示它的威力，炫耀它的胜利的骄焰。

这热潮不知是猛然发生的，还是已侵渐多时而我却不知不觉。它高亢激烈，到晚上才渐渐降下来。

长久疲劳倦怠的各处官能陡然瘫痪了，陷入最低沉的状态，一切都浑浑噩噩。浑浑噩噩中只有一样突出，那是隐隐的痛，热也没有烧绝痛，但那痛是孤立的——没有别的正在熟睡的感官能有余心余力顾念到它的痛痒。

创口隐隐作痛。陶医生替我上了药捻，一寸多长绞纽得紧紧成条的纸，硬硬的，湿一点药水，裹一些暗红掺淡红的什么药粉，直戳进去，一块厚厚的涂满暗青色的什么药膏的纱布随之跟踪封没。

腿肿处也贴了大块这种药膏。我身上便满是艾苦青涩的药气味，我全然熏染上了“王道”风味，时时嗅到我是在中医的治下了。

愿我是睡在熔炉之旁吧。那热，是炉火的辐射；这痛，是火星的飞溅，而这种锻炼是在铸造，为我铸造一个新的希望，坚实而不再破灭，以及一个新的希望之果，树立在三个月的尽头，成熟而不再变幻！

三个月！我愁这样漫长的时间，我只愁时间的漫长，似乎把病当作一种刁难，这刁难只是要索取那么多的日子，活生生地睡着过，我怎能忍耐？怎能捱过？

然而那位“命理哲学家”（父母亲也带我去过。病急乱投医，乱问卜啊）却说我要到十九岁才“转运”，那时候才“大病脱体”！十九岁吗？！还得四年吗？！

其实他错了……

早晨。才第一个早晨。正常的生活在昨天已又坍毁，我又回到樊笼里来，像从梦里回来——像又回到梦中。

以床为伴，蜷缩一隅，熟稔又陌生。是了，这周围的这时刻，哪，墙角的日影，竹竿上的衣衫，窗顶上一方渐明的小天空，屋里沉沉的沉静，在沉静里耿然木立的桌椅，我在“凯旋”后曾守望过好多天。是的，还有小贩的吆喝声，小巷里的詈骂声，喋喋不休的家常话。在他们热闹的世界中我感到寂寞。

别人在做什么呢？我又被从人群之中拖回来，潦倒挫败。别人一定都愉快而健康，一如往常，再不会想到世界上有所谓不幸，有不幸的人正困守在不幸之中。学校里一定喧嚣如故，我的座位一定在人丛中空着，和我一样寂寞，同学会指着空位子对我作着种种猜测。但是他们会淡忘，因为这话题不会永远新鲜。

我为什么困守在这里呢？这简陋狭小的仅得翻身的地方！鞋在床边，脚能够踏下来，前面是地，是路……但是病哟，病拖着我！

才只第一个早晨呐，还有九十多个日出日落待我枯守呐！

……

才又一天，度日如年。

……

病剥夺我生活上的一切，只留下漱洗、吃药、吃饭、换药、排泄、躺着和睡着。“哪，给你这些”，病魔把这些扔在我面前，这些枯燥、粗糙、无味、单调的折磨人的东西，生活的空壳而已！要我佝偻在这方围几尺、仅足以翻转翻转身子的角隅，在床上和床旁料理生活，消磨日子，从昼到夜，从夜到昼。这，就是每天的一整天的内容！要我厮守，要我适应，要我习惯这些不习惯的事情。

再也没有这样的枯燥，再也没有这样的郁闷。

……

十月十日，双十节，日冠占领下的上海“孤岛”，国庆日是黯然无光的。

……

我怎么会生这病的呢？ T.B.，结核，盘踞到我的骨头上了！这种看不见摸不着的微不足道的小病菌从哪时从哪儿像宵小一样悄悄地侵害我的呢？它们为什么爱啃骨头，又看中我的骨头呢？它们还正在我的身体里啃啮吗？它们那么爱吃骨头吗？哦，——我从小至今的痔漏症也就是它们作祟的吧！一直捉弄我，一直捉弄到现在使我的腿肿起来。

……

陶医生来。

……

我的祖父忽然写信给我，这是从未曾有过的事。他信上说：“尔因何得这苦病。就是尔前生夙孽。我昨日为尔于菩萨前诵七遍大悲咒，拜五百次，为尔诚求大悲水。……尔不信，未吃，此是尔孽上加孽。不要自大。尔初入世哪能知道佛学深理。须思前思后，因何得这苦病，非夙孽而何。

前生夙孽，只有向拂忏悔，求佛赦佑。……你每日早晚漱漱口，诚心念佛一百声，大悲水服后，心中觉得必能好我这个病，尔病自然好矣。……”

……

吃大悲水，清澈的清水，我从小就吃过许多次的。我不该拂逆祖父的深情厚意，虽然我迷糊地不信任这种水的功效。我深深愧对这种水——这清香的水里蕴含祖父的爱心、诚心与关心，我该向我的祖父忏悔！

我开始背着别人又背着自己偷偷地默念佛号。念，或许是因为心存侥幸，或许是因为真有一点迷糊的对神祇的法力和能力的信任。我愿试试任何可以使我得痊愈、早日得痊愈的方法的，况且这方法是这样简便。我偷偷地、轻轻地在心底默念，好像这是要自己也不要知道的秘密。

“南无大慈大悲救苦救难广大灵感观世音菩萨！”

……

陶医生来。

……

吃“疗骨痨”。这种药丸像花种子一样大，一样黑，天天口服五六粒。小小弹丸，可会有什么神奇的能耐么？陶医生让它们住在玻璃小瓶子里，外加彩印的纸盒，印着功效、服法和汉英对照的它们共有的大名，颇为摩登像样。

……

换药，这麻烦的、痛苦的事。自小到大断断续续地已不知换了几多次了，也不知尝过了多少种膏药和油膏，那些红的、黄的、蓝的、紫的、黑的东西了。几个月来更是每天必不可少的节目，而现在更得自家料理，料理这一天中最主要的节目，最使我心身俱难受的节目。

天天，母亲替我打开那包治病的工具：瓶和筒、刀和剪、棉花和纱布。母亲替我剪制棉花和纱布成三块。大长方形的贴肿腿，小长方形的贴创口，狭长的贴在耻骨部位。母亲替我在夹棉花的纱布上涂上冥青色的药膏。那药膏是陶医生的“疗骨痨”之姊妹作，大名“安全疗骨克疴膏”，凡士林伴神农氏的药材的油膏，油得出奇，又腻又黏又糊答答，粘上皮肤，让我不禁起寒噤。这药膏具有冲鼻的不好闻的特殊香气，陶医生嘱咐我们在药膏里加上麝香药末，以冲击毒素云云。用双氧水药水冲洗创口，药捻在双氧水里浸湿，在一小包红色的药粉里滚转，沾上粉末，便对准并且埋没到创口之中。

黏水变成脓状的了，大概是药力使然，天天都渗出一些，不多，但也不算少，狼藉在体肤和纱布之间，也够难受的。陶医生说脓比水好，而且越稠越对，因为如此便是把毒素拔出来了云云。

……

打针，打“奥斯特灵钙”。功用据说是补骨，强身，退热。潮热每天似乎稍有一点，找的是同弄堂里的一位以护士为职业的女士来打，隔日一次，一CC（CC即今之毫升）又半。这乳白的药液从老远的外国赶来，钻进我的皮肉。吓我的已经不是长长的针尖了，而是药价。

药捻、纱布、“克疴膏”、双氧水、丸药、钙针、麝香，还有T形绷带，我一身集东西医药文化之七零八落。

……

陶医生来。他是和我们约好每星期请来诊疗一次的。他笼罩在深褐色的长衫里，从翻转在长衫袖口外的满阔一段雪白内衣袖口里露出手来，从冒出一线雪白内衣领的深褐色的领口露出精明带点儒雅的头面来。戴一副漂亮的眼镜，惯常点头，笑着笑意不浓的笑。他光临以后，像往常一样，塞我以体温计，按我以脉博，两样都“还好”。像往常一样，“不过，脉性弱”。他吩咐验验尿，尿中如并无蛋白质，可另打一种针，“叫做沙吕大健凰”，以消腿肿。

陶医生来过三四次了，就是说我已经活生生地硬是睡了三四个星期了！嗨吆！……

已是暮秋了，萧瑟寒风，无限凄凉。日子，哦，迂缓绵长，简直像丧礼进行曲。我该怎样叹息，怎样叹息啊？

愁闷，闷烦，烦躁，颓丧的心情一天天积压，压迫我沉重的胸臆——不，是那些压得使我胸臆沉重。

又有纷乱繁杂的愁绪和焦虑纠缠，我感到沉重，郁塞。

又有一再的痛和苦，全身难受搅扰。

忽然炸了，像火山迸裂。我忽然不由自主地狂笑大叫又假哭起来，声无伦次。只觉得这样做心底松畅，像是喷吐尽了积累。但是，又觉得心伤，心痛如绞。父母亲和家人害怕我神经失常。我笑，我叫，又哭："我是'发神经'吗？不是，不是，我不是！"忽然铿然一响，一只茶杯给我碰落敲碎了，才敲得我清醒，使我安静下来。静后想想，自觉好笑，好笑得叫我想哭。

……

打"沙吕大健凰"。血红的药水三 CC 挤进我臀部肌肉，真胀，尿出小便也是血红的，据说它的功效能扑杀链球等类的细菌。陶医生相信："打五针，十五 CC，唔，病差不多……，哈……"这个"凰"与钙间日注射，我日日受"针砭"了。那么快些吧，快好吧：我的病！我的天哪！

病情不见向好的方面进展，脓水是厚了点，但怎么源源不绝呢？钙用后原有的盗汗是止了，潮热似乎轻了些。右上腿仍然肿胀，不但如此，而且范围扩大了些。陶医生说使这边"消散"，对创口那边"拔毒"，疏之导之，言之有理，奈其散而不消何！

左右两边腿胯——大概就是鼠蹊部吧——满布淋巴核，粒粒累累，如葡萄一般，有时发酸发痛，我很担心。

“大健凰”打完，似乎腿肿处变软一点了，似乎又不是这样，似乎腿胯更酸且痛了，似乎肿处也有些酸痛了。

“一二·八”——十二月八日！这样突然，第二次世界大战的太平洋战火自兹燃起，而上海这个“孤岛”变得更黑暗了，将只能看见幢幢鬼影了。

陶医生来。

陶医生来。

陶医生来。

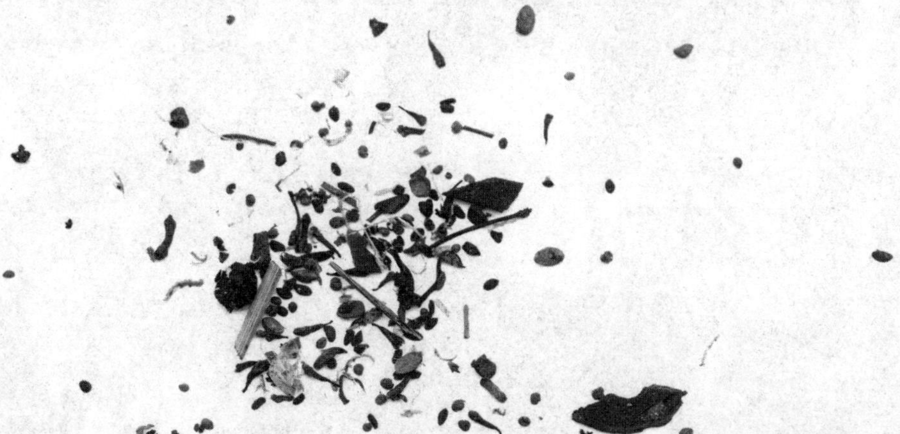

八、再受刀创

一天像是一个星期，一个星期像是几个世代，三个月的折磨是艰辛的。在愁城中摸索，在郁闷中呼吸，在芒刺中淹留，在脓血中转侧。

艰辛，痛苦。

而更痛苦、叫我心碎的是：希望又幻灭了！

——经历万水千山的游子，跋涉着走向家门，负千斤重的困顿，万般寒的风霜，一心要在那最终的目的地顿然解脱那久积的荷累：那风霜，那困顿。欣喜地、胆怯地推开家门……推开家门……眼前却只见到一堆瓦砾！在门里，只见鬼火明灭，乱草丛生，虫豸蹦跳，寒星眨眼，玄月沉沦……荒诞又荒凉！

三个月的尽头空无所有！这尽头，我简直是一寸寸匍匐着爬过来的，梦想至此超升，然而却来到失望的深渊，目标的不毛之地，引诱我撑持而前的希望之果，真的只是海市蜃楼！

幻灭。

但是希望又诱惑地闪烁在朦胧的前方："到阴历年底，"陶医生说，"那总可以了，一定大概可以了，可以爬起来快快活活过新年了，哈。"

记得最末一次从刘吉赞医师的诊所回来的时候，我栖栖皇皇，像坠入无底无边的迷津之中一样。彷徨，凄迷，不知怎样的命运在等着接待我。我心神恍惚，像浸泡在怅惘的酒中，如醉如痴——又像听到罪状的宣布。记得刚从中医陶慕章诊所回来，我心情沉重、懊丧，又无可奈何。不过，那无奈是有着着落，那懊丧是实实在在的。因为得到一个答案，我有所寄托，像是临空抓到了一点什么，像知晓了赎罪的方法和期限。

然而，我偿付了我该偿付的，而"期限"却忽然躲闪，"寄托"便猝然落空，像落入冰窖里一样！这使我又栖栖皇皇，如醉如痴。

而且因为已经是民国三十一年了，离"阴历年底"的期限只有一个多月，那不远处就是一片绿洲吗？就有一派色彩缤纷的美景吗？

而现在正是暧暧冬日的时候。

已经北风怒号。……

已经雨雪霏霏。……

已经是阴历年底了！

病——

右腿肿仍未消。左鼠蹊部突出一个甚大的明显的核。右臀后面，痔漏的创口依然如故。

右边贴过多张陶医生特别调制的膏药，半尺多长，二分多厚，黑油油的，有淡蓝的绸缎作衬托。这两种物质和色彩合在一起叫人起一种唐突之感。陶医生说它的内容丰富，药力强大，能经毛孔，贯穿腠理，通透髀肉而冲击炎肿，活络筋血，而收疗治之效。然而我的大腿仍然膨肿，左胯是在用“沙吕大健凰”后疼痛增加，以至更加酸痛，陶医生却说是气包，没有什么关系。开头也敷以他的“安全疗骨克疴膏”，继而又涂上西药“安福消肿膏”，然而一个形迹明显的核鼓出颇大。创口已经渐渐习惯药捻的作梗，深藏若虚，有时被捻锉出些鲜血，而脓水仍然缕缕不绝，绵绵泄漏，不舍昼夜。

农历新年的欢乐一点也印不进我的心，我还是栖栖皇皇。

四叔背上不知怎么也肿了一块，近左腰部旁脊椎骨，不红也不痛，悄无声息地隆起。他也找了刘医师，也看了陶医生，也拍了X光照片，还验了血。结果说是骨头里的病，很麻烦，可能是结核！新年里的四叔和我一样，也愁眉不展。

大年初四，大概，我的病有了变化——或则说是发展，阶段性的发展。

左鼠蹊淋巴腺肿的大包破了。

先几天我就坐卧不安，左胯的核包渐肿渐大，只要坐卧的时候稍稍牵动一丝那里的肌肉，就会像有几十枚针在那里猛一扎，又像铁钳在那里紧一咬，使我要紧咬着牙齿。即使不牵动，那个包也连续地、自动地散播疼痛，有时是一啄一啄地那种痛。我感到似乎有发炎时的那种热。包肿胀处的皮肤，则是像烘熟的山芋那样热吧。

先一天晚上，我不知怎么度过的，我从酣酣的倦极的沉睡中被疼痛咬醒，醒来时我已是一团热火，被褥里火热，包是像被刺着，被绞着，被挟着，被钳着，被榨着，不管我将腿放平，蜷曲，侧左，或侧右都让不开那汹汹声势。我转侧，我咬紧牙关，我想去揉抚又不敢触碰，全身排出一阵阵汗水，在一阵阵寒战之后有一阵阵熊熊的热裹卷着我。最后，我感觉有什么东西从包里淌出来了……我感觉到这事态的严重。我惶骇我将陷入苦难的更深一层，飘离希望更远的一线。病不趋向痊好也就罢了，怎么竟然还要每况愈下！我又怨恨医生怎么都靠不住，他误我，他们误我！我也怨恨我自己为什么要生病，生这种病！那晚我眩晕昏慵地浮沉在火海里，有焦急、恼恨和彻骨的酸、切肤的痛煎逼我，刺激我，我不知自己怎么熬过来的。

我真不愿再找陶医生了。他一次、二次的诺言——或者说预言，一次、二次地如泡影破灭，四个多月在他的治疗下，如今情景如斯！

于是另外请了一位颇有名气的姓顾的外科中医，在大年初四，大概。

颤栗地掀开药纱布，揭晓那一片灾区：包是拱胀到可怕的程度，巍巍地凸出那一片涂在上面的干了的“安福消肿膏”，果然已经破头。它如半只鸡蛋覆盖在那里，顶端的表皮大概因为张大过了限度，分裂开来，而且环着顶端向四边皱缩（形如鸡蛋里的衣）。于是，有一团鲜红的肉裸现（如火山口，这儿最痛），这秃肉上似乎是随意地点缀了三五个小孔，针孔似的，从针孔里排出了不少无色，又似乎淡褐色的液水，却不是脓。有青紫，有焦黑，有惨白，有暗灰，各种败坏的肤色杂陈在这隆肿区内，触目惊心。这处的神经异常紧张，纵使一阵空气流过也会引起痛的振荡，而顾医生的手揌揌，又揌揌，揌揌，又揌揌。

他说这里是“疽注”。

说那边，右腿是“流注”。“是的，流注就是‘穿骨流注’，又叫老鼠疮——会得窜来窜去的，——又叫骨痨。”那边是已粗肿得可以了，大腿的整个上半段的外侧是那样“发达”，颟顸臃肿，一团脓包，使人想到冬瓜的拙笨线条。外皮憔悴，有皱纹，皮下隐伏一大片糜软的什么东西，瓜瓤一样，一样的冥顽迟钝，揌着像没有揌着，木木地，好像瓜瓤淹没而且阻隔了神经末梢。但是有几处又特别地痛，比如肿区的下前方那一角，有一小块红意酝酿的地方便是。那块可怕的红是什么险恶的征兆呢？

我右臀部后面的病，他也说是“痔漏”。

那么我是身兼三病了。

“治这种病好得很慢，很讨厌，讲不定啥辰光好。三五个月，半年一年，三四年，都没有一定。不过，好会好的，只要身体调养得好。左面这个包没法子消，只有等它再破，让里面的脓出出清。至于右面这条腿恐怕，一定，也要破头。一定，恐怕，还要讨厌。看倒不要多看，调养身体顶要紧。”

之后，找了这位医生的医道和身体所自来的他的上代，中医外科名家顾筱岩。溯源而上是为了取法乎上，然而毕竟出于一辙，他也没什么不同的意见。他也在我有洞眼的包上洒些药粉，敷上药膏，在右腿和右臀部贴上膏药。

又找了西医骨科高恩养。他鞋声橐橐地大步迈进来，先就有夺人的声势。他以重浊的口音考问我，以断了一小截手指的大手在我的病区横冲直撞地捏捏，捺捺，大刀阔斧粗线条作风。或许因为只专心于病，以至于忽视了病和病人的关系。但是，如果那不是他通常的作风，那么，或许是因为我家里弄的房舍在他看来太简陋之故。他蛮干的手闯遍了我所有的痛处，捏出了包里的脓水，那许多潜伏已久的黄黄绿绿的东西一下子如开了闸，得了出头的日子，一股一股地钻隙觅缝地泛滥出来……他宣布他的诊治之方是：“一刀，两刀，三刀，四刀！”即：前后左右所有不对劲的地方都斩之以刀（前，是说耻骨），都要动刮和割的大手术。至于把握如何，却未可言必。

中医的提议保守和西医的主张激进使人彷徨无依。

无已，依旧——再回头，继续去求陶慕章医生了。

他在他自己嚷成一团的祝贺新年的“恭喜”声中走进门来。笼罩在长衫里，带着笑，内衣的白袖口翻卷在长衫袖口外。他和每次一样，点头，就坐，搓手，再侧着头把脉（好像在听），测体温，再惯例地问我胃口和大便如何。然后再正式视察我病体的前后左右。

卧床以来，胃口一直不算差，大便却总是不便，常患便秘，有一次秘塞了五六天，用了“清导丸”一大粒，“开塞露”灌肠球两个，不行，再加肥皂水灌洗，也不行，千方百计，肠中物竟然还是无动于中。

“后面出脓，左边也破头出脓了，真是一波未平一波又起。两处出脓，右边也不见好，这该怎么办呢？陶医生？‘三个月’过去了，‘年底’过去了，还要捱到哪一天呢？”

“这毛病，嗳咳——心急是不来事的。这种毛病，先起头都是受之‘湿’，‘湿’就是等于西医所谓，这个，细菌的意思。开头呢，不觉着。慢慢叫它在身体里厢作怪，化脓，总归要到长远了刚刚穿出来。不到一个程度呢，不晓得的人不会去当心；到了那个辰光呢，根已经深了。所以，医起来很麻烦，不是一个短时期可以……所以心急不成功。

“像你们这位少爷，病根也是长远了，满深了，是吧？只好一点点来。

“现在，一方面要使得身体抵抗力增加；一方面就是用药治疗。要去掉那种‘湿’，或则叫杀菌，从里面好出来，把病根完全除掉，那么，一劳——永——逸！哈……所以，不能心急，不能心急。

“现在，包已经破了，那么我用药先将毒素拔净，脓弄弄清爽。再么，使它一点点一点点收拢，长好。右腿这边这样子：也试试‘安福消肿膏’看看，好吧？能够消掉肿呢，最好；假使不能够，我看，就要……开刀！”

民国三十一年三月九日，阴历新年后的二十二天，我又被开刀了，第二次。

那消肿膏很有效用，但对我结果总是存在有限的效用，譬如浮肿便没有消掉。右腿敷用几天后，消得不少，然而就不能再少了。我总猜疑，埋怨：要是一开头就用它，或许就好了，至少不到这步田地。“克疔膏”以及半尺长的膏药是否稽误了我？——然而事已至此，这样肿，这样硬，而且痛，一阵阵地痛。一阵痛来可以叫人消瘦一层，有时在睡梦中也猛然来一阵紧急的、剧烈的、抽搐的痛，钻刺心腑，震撼神经，无地容身，忍无可忍。那里面不知在起什么变化，像破头前的包肿一样，常常一掇一掇，一啄一啄，像鸡嘴在啄，像蛇口在吮吸。

肿区的下前方那一角的玫瑰红，除了更痛以外，已经变深，也扩大了，如涟漪一样从中心的黑红而赭红而渐淡，向四面散开。

九日，意乱心慌的一天。不过七个月之前，在医院里，在手术台上战栗。我满怀信心，满以为那回的柳叶刀会替我剖开一个甜甜的“无忧果”；满以为举刀一割就会永远截断那缠绵的病和我的关系。而今，在家里，在病榻上，却又要接待一次一个锋利的、坚硬的铁器插进深入我软弱的苦痛的病体这种叫人战栗的事！无限感慨，无限心伤。

九日，意乱心慌的一天。全无兴奋，全无远景，空空无所凭仗，无所抓握，无所依恃，凄迷张惶，像堕入陷阱的羊，全无往日的心情了。因为全然没有兴奋的因素——因为这次开刀只是凿出一个洞，放出如果不去放出也要自动穿出的脓水，并不是就此完事大吉，而是以后再“慢慢叫慢慢叫”治疗。总之，我手里没有一个希望的凭证。我倥偬的心跳只有无限的感伤作伴。

天快黑的时候，他——陶医生来了。在我无数次焦虑、无数次悬念之后他来了，带了一个助手，轰轰隆隆如一部坦克直碾到我的心上。

“好吗？”他问。

原先还好。

医药箱蹲在方桌上，棉花、纱布、药盒，还有刀，一样样跳了出来。

他们先替我换痔漏处的药，和往常一样。唷！再换左边，包未全瘪，脓未流尽，“雷佛奴尔”药水正对着冲。又粗又硬又长的药捻正对着插下去——唷！我全身的肌肉都紧揪起来。

他同他的助手退到桌边准备，我袒开右边的痈肿对着床外，再覆以薄被。

窗帘遮蔽窗牖的空泛的大眼，门闭着，灯病快快地亮着。

昧黄的时间。

昧黄的，以及和这天气一样阴冷无生气的我的情绪……不，似乎，我似乎应该鼓起勇气——虽然这是无所依恃，无有因由的事——打起精神吧，屏出勇气吧，即使用“悲壮”作支持。这样，会使自己镇静无畏，会使别人不觉得我不是“大丈夫”。是的，我想起关云长“刮骨疗伤”的故事——他一面下棋，一面让人家喀喇喀喇地刮骨头，勇气的典范。噢，也是一种应对痛苦的方法，于是，我从枕边拿起了一本《扬州十日记》，这本书碰巧在我手边。

他同他的助手一步，一步，逼过来了。我看见他手中亮着明晃晃的一件——是注射器。他们弯下身子，掀开盖被。这里是我家不大的“客堂间”，兼做我的病室。现在由他们占领做手术室了，还郑重其事地关上房门，“闲人免入”，只让我单独面对他们的“武器”。

我想将注意力集中在书本上，不理，不睬，简直当作不认识他们。不，根本不知道有谁在这里，或者，在做什么。而我则是在一个平静的上午或者下午，平静地坐着或躺着，参观扬州怎样被围，怎样陷落，怎样发生屠杀。我应该心惊肉跳，我应该又歌又泣替古人担忧。然而——我心惊，我担忧，我知道我在哪里，以及和谁同在。我认识他们，理睬他们，知道他们正在做什么。而且，我集中注意力于自己身边，不，自己身上正在发生和发展的事。……

医生的手在寻找一个适当的地方，按遍所有的肿处。唷！唷！

“痛吗？”

“不，”我嘴硬。

“痛吗？”

“不，”我的声音变哑了。

有麻药作后盾的针尖对准腿上那块红色的中心刺去。唷！……

针拔出来，我发觉自己身上早出了一身热汗。这回施的是局部麻醉。

他们又退回桌边去，去休整一番？陶医生看看表，在医药箱里翻翻，那一定的，是在找凶器：刀！他一握在手里就是行刑的时刻了！我觉得心冷腹痛，觉得尿急，觉得汗涔涔，还发觉自己一直在打呵欠。

他们“卷土重来”了！一步，一步。他的助手手拿深肚的换药盆，陶医生手中只看见一把药棉，他按按刚刚注过针药的地方，奇怪是痛极的那块地方真的已经一无知觉。他按按，又按按，叫我眼朝别处看，最好去看书。然而我已全无心绪顾念除了大腿现在正遭受的以外的事情了。哦，我似乎瞥见医生手中的药棉底下暗藏一把（似乎是平常用做扦脚的）小刀，而且——似乎已经戳进我的肉里去了！不过大腿没有确实感觉到，只像我是穿了厚厚的棉裤，而尖针轻微地伸进棉絮之中。我问：“已经开了是吧？”陶医生连说没有。

刀，是在刺进去，刺进去……

九、四面楚歌

血，流了！

接着是脓……喷涌而出，奔腾，急泻，直冲到药盆中……

我闭住眼睛。

看见山涧瀑布汹涌地流下来。

湍湍地，脓液连绵不断。

潺潺地——从陶医生和他的助手正在工作的手的空隙中，我窥见到潺潺流淌中的一段。那是浓厚的涕泗一样，蠕软，恶黄，不过还夹杂些污绿、惨白、死灰。那是疙疙瘩瘩的烂肉吧，还带些血丝，以及半固体的小碎块，像是煮得不高明的糊糊。

涓涓地，源源不绝，我怔怔直视，在灯下，在皮肤上，在交错的手指的淡影下的那样肮脏的、怪异的东西竟会渊源于皮肉之中——身体的皮肉竟然会产生这种东西——而且是我的身体的皮肉啊！有趣吗？可怕吗？实在是一无感觉，情绪已经像脓液一样流走了，我只是发怔，发怵，发呆。

然而我感觉了痛，当脓已经泻得差不多，需要压挤的时候，陶医生的手压着药棉在挤榨的时候。

当医生的挤榨更进一层的时候，痛也更进一层。

再进了一层……再进了一层。

终于，脓流淌到了尾声。而——

压得深深的药棉紧逼着向出口推进，一下，一下，从后段，从上方向出口，一下，一下，我觉得折磨在骨头上了。陶医生却说一定得榨取干净，大概才不会有余孽留存作祟。

点点滴滴地，脓流尽了余沥。

饱涨、发达至极的脓肿整个儿地瘪下去了——由绚烂至于凹陷，像泄气的皮球。

我看不见自己腿上新凿出的创口的新貌，只知道那儿有辛辣的不着边际的痛。它是脓的出口，也是从黝黝的、空空的、因脓去而豁然开朗的肉里，发出的深幽、隐秘、尖细的又持续的新兴的疼痛的出口。

陶医生的助手运送过来一件件预备好的药物：惊人的巨型药捻，三寸多长，特别粗壮，裹着大宗的红色药粉，像一条蜈蚣吧，扭曲蠕动地钻入洞口，斜向后段，顷刻便无形影，只留少许短尾巴。接着，特大的纱布块，半尺多长，特别阔大，堆集了大量的油黑的药膏，像一个酱碟吧，覆盖到那土青的、没有血色的凹陷上去。宽宽的橡皮膏，长长的绷带。我的腿啊！这还是腿吗？

完事了，这开刀。

我倒下来——倒下紧张地竖直的上半身，像一匹劳累至极的牲口，知道并非倒在安适的牧场上。而明天，仍是不堪期待的日子，今天的劳累和磨难是没有收获的，而之后的身世还是渺茫。

因为事情是这样清楚。我身上已经有三个创口了！已经有三股脓液渗流了，日夜渗流！

母亲从打开的房门进来。哦，母亲在门外焦候多时，母亲怜惜我，心痛我，为我焦急万分，说脓液怎么有那么多，药盆倒去满满一盆，又接了小半盆，估计有两茶杯那么多，大麦糊似的，并且腥臭。

陶医生去了，带了他的助手、医药箱和一笔可观的酬金。

以后几天由他的助手来代替他，并且教我们换药。虽然还是天寒地冻的天气，每次上巨型药捻的时候，他都在满额和满手的汗和汗的蒸汽里，以战战兢兢的手（因为那是尚未独当一面的助手的手）小心从事。我也是汗淋淋的，腿上、身上都是，还觉得头发根里痒痒的。他的小心翼翼对于病人是莫大的善事，因为病人是多么希求尽量不要触碰鲜嫩的肉，不要引起钻心的疼痛啊！

每一次，当揭开特大的纱布块，像揭开两块粘合在一起的面饼——重伤风的涕泗似的脓液在中间左牵（肌肤）右挂（纱布块）如丝，又叽叽作响，然后分裂而附丽到腿和纱布上来。湿漉漉的，糊嗒嗒的，真像是涕泗糊成一片，不，两片。少有的恶浊，少有的腥臭。药捻被拔出来的时候，热气腾腾的。呀，那是一根流脓的小棒，看不到红色的药粉了，也看不到药捻本身了。药棉在腿外揩擦以后，接着是药棉在腿里翻绞（靠了引针），唷！我只有……其后是“雷佛奴尔”千分之一的稀释液的西药水的灌洗。没有那段长针尖的注射金属头安在针筒上，药水从针筒中经过金属头急急冲出，从创口冲入大腿的洞穴中。那条腿的空囊对于五六CC药水一毫都不在乎，可以想见那是多么“别有洞天”，像矿穴一样。这以后是挤出注入的药水，再用药棉翻绞。我只有忍受。

通过医生的助手，我们更精通了换药的技术。从他，我们知道了一些关于中医的内情。知道“疗骨痨”这药是不能顾名思义的，也不能期望这蕞尔弹丸除了心理上的作用以外，还能有其他什么作用。从此遂中断了这一直在吞服的药丸，不再信服。

为了强身治病，我还吃“十全大补膏”，吃我祖父开方的另一种“膏滋药”，内含川杜仲、潞党参、煅牡蛎、骨碎补等贵重中药。还吃“白木”头的“耳”，吃“燕”子的“窝”，和具有补养名声的一些其他东西。祖父母和父母，为了挽救我这条命，不惜金钱和精力。

早晨，我的床边的两个圆凳上摆满这些甜的、亦甜亦苦的珍馐和其他滋补的、营养的蛋呀、乳呀之类的美食。

愿这些渐渐填补好我病弱的躯体，至少是帮助弥合好我后、左、右的“莫测高深”的创口吧！那么我霍然而愈的一天总会到来吧？

然而江河日下，可叹是江河日下——

二次开刀后的一个多月之内，右腿由被戳穿的一个创口，自动破裂增加为两个，三个，四个！

四个！

第二个洞破在前肿区的后段下方，与第一个洞平列，相距三四寸之遥，遥遥相望，悠悠双流。先是那处的皮肉变痛变薄，薄至如葭莩，吹弹得破，终至自然而然地豁然成孔，“独辟蹊径”的一股脓液就此自立门户地从此处日夜渗流。

第三个洞位于后段上角，正对第二而上之，而斜对被戳穿的第一个洞，它们仨，形成鼎足而“裂”之势。

第四个洞是在离它们出现许久之后才“脱颖而出”的，挤在一、二洞之间。

一个个创口开裂在我身上，是一次次苦胆破裂在我心中，一下下打击狠敲在我心上。

我是疮痍满身。也是疮痍满心。

真的，虽然我自己暗暗知道这已不会是短期的病（虽然我还向自己避讳这暗暗的知道），然而想不到竟然会如此恶化下来，我是一层层地向病的深潭坠落……坠落……我是一阵阵地心冷，心冷。

魅影进逼，进逼，我退，我退，希望的火焰奄奄一息。

我呆呆地看着镜子里我如细棒的腿，如细棒的腿上的创伤。那是萎敝窳败，教人心灰气短的死亡的景象。那是瘦削的腿，瘦多了，掐不起一撮肉，长袜上的松紧带可以一只改成一只又半。枯焦，半死，了无生气和血色。那旧肿区的一大片像劫后的火场，那片火场中有四个青黑瘪陷的洼地，像饿犬的眼窝，那些眼窝中各有瞳人般大小的怪样的创口，怪样地眦裂——那是魔鬼的洞窟，脓血出没，腥气阵阵，掩拥着丑恶溃败的惨状。里面的肉是长起一点了，所以本来的一大片凹陷比较饱满而形成了四个小洼地。药捻也改用较短的，但得要四根才行。看得见洞口有暗红泛白的没有表皮护障的裸肉,洞口之后是深隐隐的不知“伊于胡底”的黑。这样的一个个，一共四个可怕又可恨的怪物！

好好的体肤竟然变成这种田地，我应该闭目掩面而泣，而哀叹——然而我只是呆呆地瞪视，真好像置身于劫后的火场。我的情感也怔住了，麻木了，或者是被“打击”的棍棒击碎了。这是比哀叹更深重的悲伤吧？哦，不是悲伤体肤的毁坏，不是，乃是悲伤病——我的病到了这步田地！

沉落到病的深渊的黑暗的底层了！

父亲开玩笑说那一片可以称做“三潭印月”了。下面一排的第一、二、四洞三个“潭”，上面凌空照着一个“月”。我哑然笑着，抚摸那腿上的西湖名胜。

那么左胯的溃疡之后的包是不是“苏堤”呢？——那如半只覆盖的鸡蛋一样的肿包破头之后，穿出三五个小孔，淌出和挤出大量脓液之后，洞孔渐渐扩大，纵横扩大到如半只鸡蛋般大小，状如半只上仰的蛋壳。因为现在是凹下去了，或者说像胡桃的壳吧，或则说这就是一个西湖吧。张着大口，里面完全是精赤的败红泛白的一窝鲜肉。原来盖在上面的皮肉都已腐败脓化掉了，这“湖”里的每一粒细胞都饱蓄着血，饱蓄着脓，饱蓄着痛。只要碰到“湖”的外缘的一寸之内都会激起甚大的反应。有时在换药时按按那外缘就会像按了管水闸的电钮似的，即时汪出一湖坏黄、污绿、惨白三种败色混合的一种颜色的脓液来。脓液中还有浊血的羼杂，有时大半是血。在陶医生的镊子钳着药棉在“湖”中抹拭的时候，会震撼我全身，药棉的每根纤维都好像是一根麻绳。在“双氧水”从陶医生的针筒经过金属针头直线对着它冲洗的时候，顷刻会泛起一湖好看的白沫，却好像缝纫机的针在乱扎一阵。陶医生有一只称药的小戥子，他把戥盘上的红色药粉洒在这“湖”里的时候，在头几次或许是“撒盐肉中差可拟”。我们自家也填用过祖父开方的“珍珠八宝败毒散”，这药更能使我痛得出汗。嗣后，这如蛋壳的鸿沟渐渐上涨，渐渐从两头收拢而弥合起来，它的疤痕是否可以比做“苏堤”了？

但是它不肯，硬是不肯完全合拢以竟全功，留着中间桃红柳绿如瞳人大小的一段，而且，还不时泛滥开来，扩大开来。

至于我身上的痔漏，痔漏是什么名胜呢？唉，那简直已是古迹了！

我卧病已经不止半年了，活生生地变成一个囚笼中的生物！

我身上已有了半打创口了，日夜渗流。

这是怎么回事呢？演变至此，愈陷愈深！

我有云海茫茫、天涯何处之感。

当我醒来，当我从美梦好梦活泼泼的自由的梦中醒来，便即刻直接地又坠回病痛的现实——应该说是噩梦中来。

我情愿梦是真，而真是梦，因为在梦中我欢娱跳跃如故，如常，如我所想。虽然有时我也被围困在噩梦之中，惊慌失措；逼天的血雨，毒液，黑浪，风起云涌地卷过来了，更有妖魔鬼怪或没有形状的雾团追逐着来了！睡着的我没有“看”见我在自己身处这地狱般的梦境之中的哪儿，但是我“感到”自己在逃跑，逃跑，逃跑……而突然之间，掉进了陷坑，或者越出了断崖，跌落下去，便旋转，旋转，旋转，堕落……堕落……罡风飞卷的漆黑的黑暗中，一直下沉却沉不到底。而猛然之间，一下子撞到了什么，使我深深震撼，撞开了眼睛。我在冷汗堆中首先庆幸自己没有粉身碎骨，继而发现接救我的是这张床！接着，我便转而堕入万分悲痛和愤恨之中——在危难之中救助我的竟然是我的永世仇敌！

于是我起来，不！醒来而已，唉，醒来而已。在承载我的刑架上解决生活上的琐事。我已经练惯了以腕肘支持上半个身体昂起，在床上漱洗，长久也不觉得手臂酸软；我练就睡觉时拱起双膝一动也不动地酣然熟睡；我练成了以左手使用牙刷，我练熟了吐水入痰盂而不把水溅洒在痰盂外——这些可怜的从病痛得到的收获，这些可笑的“本事”。

于是母亲替我剪裁纱布，涂敷药膏，烹煮装上没有针头的针筒。

于是以报纸、以悲歌、以胡思乱想，以反复回溯、盼望、懊恼、怨恨、焦愁自己这场大病来消磨吃饭、吃药、排泄、睡眠之类的、之外的长长的时间——在这小小的仅能供我转侧（而我因为疼痛而只能稍稍转侧）的地方。

这就是一天！

这就是每一天。

这就是今天。

这就是日复一日、日复一日……的明天。

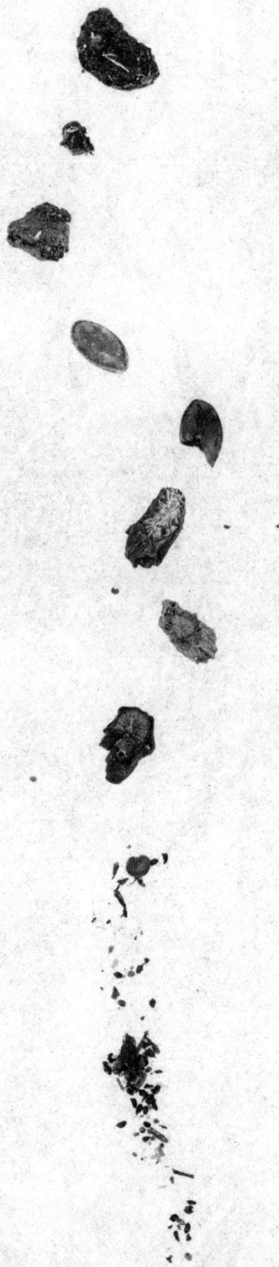

七 曲折

“我的病什么时候好哦！——我哪一天好啊！——哪一天站起来呐！——哪一天哪！哪一天收口！……”

我常常这样喋喋不休地缠问母亲。

我每天反复长吁短叹：

“怎么还不好啊！——为什么还不好啊！——为什么！为什么！为什么！——明天该好了吧！明天！明天！明天！”

我知道问得没有道理。我知道嗟叹没有用处。我知道没有谁能回答我，但是我还是要问！要喊！喊着究问，捶胸切齿地究问自己，究问木然无知的床，荒诞的空洞的窗，冷漠的直立的墙，以及这些日夜看守我的与我朝夕相对的可厌的一切！哦，我要紧紧揪住病魔，严严究问，狠狠摇撼。

我一把揪住床单，我用头揉挤枕头，我猝然一下子推翻久久镇压我的可憎的棉絮，真想就此往下一跳，往外一冲，奔向自由的天地！

我真想仰天长啸。
再也耐不住了，
再也耐不住了，
我恰像笼中的小鸟，
怎禁得失去自由的烦恼！

我要挥动久垂的翅膀，
我要挣脱重重的桎梏，
我要头也不回，
直冲云霄！

我知道没有用，我扯不掉病魔的无形的铁链。

而病魔却加给我更多一层的迫害——

我发觉我的右腿挛曲不能伸直了，愈臻恶化！我多么惶恐。既已损坏的未好，又增加了一样损坏。创口，那些创口使我没有美好、健康、快乐的现在，我惶恐，假如右腿永远挛曲不能伸直，那么我还要失去美好、健康、快乐的将来了！——将来我怎能站立，怎能行走呢？腿，是自由的工具啊！

果然，我的右腿此后终生残疾，像魔鬼一样短于左腿，而且髋关节变得畸形。

右膝关节最多不能放到比一个拳头的高度再低，右股关节也不能平直伸展，右腿是这样一曲、两曲，连踝关节，正是三曲。这情形的严重程度，有四个创口的右腿甚于有一个创口的左腿。

挛曲是因为病，因为创口，因为痛。因为要避免痛，蜷缩起来似乎是舒服得多。于是这样做了。渐渐，习惯了这样做，每天终日不懈地朝着天；不，朝着天花板；不，朝着被絮拱起我的双腿，即使睡熟的时候也自然和稳定地不倾不斜了。终于，我发觉这令人苦恼的病情，发现即使我用手硬压也不能平直了。

我十分苦恼，懊丧，使劲掐它们、揪它们——那一双冥顽的腿！我用力按，用力摁，可是一切努力都白费了！

它们是干瘦的肉，皮都是紧张地绑住骨骼，宛然凸出骨的形架，一根根粗的筋腱宛如电缆，由枯黄的皮包着，从骨这头连到那头。

像潮汐退落便露出礁石一样，我身上好些骨头顶着向里边退缩的皮肉而突出来。膝盖像擂鼓的木槌；肋骨像搓衣板；脊椎骨像一溜挂下来的子弹带；盆骨正如其名称，我两手能握住它的两边凸出去的“盆”边。荐骨已被我压得平服了，这是长期被我压迫而成的。那一带的皮肤变成紫红色，甚至发黑了。也许是淤血所致，焦黑，皱拢，以至皴裂。我卧病的重心全在这荐骨上，因为我只能拱着腿朝天仰卧，往左往右侧卧都不行，因为侧向哪一边都会压住创口，发生剧痛。

不管这些！我要我健全的腿！我变得烦燥不宁。

怎么这样愈来愈坏啊！一桩接一桩的险恶的病情啊！

苦难的毒丝都要把我绕成蚕茧了，我能挣扎出来吗？

这场大病的尽头是什么呢？是死亡吗？还是能够望见那起死回生的一天呢？

我烦躁得快要爆炸了！为了一点点不称心的小事，我向我顽皮的小弟弟大声吼叫："我要杀死你！"

我的神经快要崩溃了吗？我不知道怎样才能发泄我心中郁结的痛苦。

我厌烦一切。我厌烦我自己。我厌我自己的厌烦。我厌烦吃饭、换药，恶臭和脓液，冲鼻的药粉、药膏、药水。我厌烦永无休止的滴答滴答的时钟的声音，那声音好像在把我一寸一寸地切割，让我一寸一寸地死去。

我厌烦疾病，厌烦医生。

我厌烦陶医生。我看惯了他那袭华贵的长袍，那副金丝边眼镜，那张笑脸，那样子侧着头替我把脉，又侧过头到另一边，问我"好吗？"他曾经预告的那个治疗计划和方法呢？什么"内外兼治，疏之导之，消之散之，出空脓液，拔清毒素，慢慢叫，慢慢叫收拢伤口，全部长好。"怎么一点也不见端倪呢？怎么一次又一次只看见那样的他，而看不见他带给我他所许诺要带给我的收获之果呢？

不知是谁介绍来一位中医，那是民国三十一年的暮春时节的一天。不知他姓章还是姓张，名字是子芳还是志芳。他个子矮矮的，大腹便便的。他外罩的长袍便从他腹部起向外突出，再向下垂直，仿佛内藏什么魔术的道具。走起路来，似乎脚下装了轮子，把他的大肚子慢吞吞地向前推过来。他的眼神迟钝，举止慢吞吞，说话也慢吞吞。他对我们说："这个毛病，很慢……很慢……”然后从皮包里拿出白色药粉，慢吞吞地洒遍我的患处，又用一张一张膏药慢吞吞地贴上去。

不知谁介绍来一位西医，大名严毓清。他介绍我一个治病的方法：晒太阳。他说有一个像我这样的病人是用这种方法治好的。我便遵照他的嘱咐，每天坐上藤椅，让人抬到门口晒太阳。病床离门只有几步之遥，门外便是后弄堂。我插足在后弄堂的阳光之中。

窄窄的门口安装了像电车上用的那种可以推向一边的铁条门。为了防止大雨时，水漫进屋里，门槛用水泥加高了。我坐在门内，两腿伸在门外。我这两根焦枯的、憔悴的、不能伸直的、不成样子的腿，像枯枝一样曝晒在夏天火辣辣的阳光里。我的躯体不能坐直，压住创口便发痛。我用双手或双臂撑着藤椅，变换坐姿。我迎着朝阳，送走夕辉，伴着寂寞，坚持这样的治疗方法，日复一日。日光是生命之源，没有日光就没有任何生命。那么我的两根晒焦黑的枯枝一样的腿，是否替我从酷日里吸收了我所需要的生命的元素了呢？

我喜欢这样的曝晒，虽然很不舒服，很热。因为我终于能够脱离病床的桎梏了，虽然只是暂时的脱离。我终于可以不只是病床上的不能动的“植物”，而是能够被移动的“动物”了。

母亲为了我的病到处烧香拜佛，许愿求签，算命问卜。记得第一次开刀以后，我总算能够行走的那一段时间内，我曾经勉强地跟随母亲，到不知什么庙里，在香烟烛火缭绕的模模糊糊的大殿里，向不知什么菩萨跪拜，去还母亲曾经替我许下的愿。我不知道母亲许下什么愿，又怎样还的。不过母亲当时又默默地许了一个新愿，我仍然不知道那是什么。在菩萨面前求的签也不少。竹签从竹筒里掉出来一个，上面写的七言四句便是上天的旨意了。每根竹签上的四句各不相同，分上中下各种内容，或吉或凶，却又模棱两可。母亲曾经为我求得一个上上第一签，说什么“若得此签非小可”等等。我装做对这类迷信不屑一顾，心中却为之沾沾自喜，觉得自己真的大有希望，大有前途，身患疾病只不过是一时的劫难而已。母亲还为我请来一大张杏黄色的纸，上面印满了空心的圆圈。母亲要奉诵大概一千遍佛号，在家中的佛像前跪拜不知多少次，才可以用红笔涂满一个个圆圈。想一想吧，把一大张杏黄色的纸上的圆圈全部填满，那要多少精力，多大耐心，多少时间！我深深愧对母亲对我的慈怀，对我的爱心！

陶医生的许诺，或者说预言，多次落空，使我们信心大减。但是不找他治病也不行，因为非中即西，而西医的方案总是开刀，开刀，却不能“包治”。我们隔几个星期找他一次，为的是配一些外用中药。我的病渐渐没有恶化下去，也没有好起来，处在一种拖延状态。陶医生来了以后，也是老样子从几个小白瓷瓶里各挖出一些药粉，放在戥盘上称，然后倒在纸包里交给我们。再给我们一些膏药。纱布、橡皮膏之类，由我们自己去药房购买。陶医生拿了出诊费、医药费便走了。我们在药品用得接不上的时候，也请顾筱岩或章（张）中医驾临。他们的药物也差不多的。

在“拖延战术”施行时期中，也许由于晒太阳，也许由于补品吃了不少，也许由于年纪轻的生命力——也许由于这三者合在一起——我肛门边的痔漏的创口，在反复几次之后，终于收口了。我的天，我的上帝，我的菩萨！耻骨部位，原来就没有创口，也经陶医生核准，免于用膏药敷贴了。

痔漏，这个我从小就受它残害的恶魔，给了我多少痛苦，使我看了多少医生，用了多少药，还开了刀！真是有口难言啊！终于收了口，不再纠缠我了！

可是，这个小创口收了又怎么样呢？我身上不是还有吗？还有五个啊！日夜流着腥臭污秽的脓液！痔漏滋生了它们，现在算是“功成身退”了！你们长吧，长吧，长遍我的全身好啦！

这五个顽固的创口,其中这一个或那一个有时也收拢来,给我以假像,骗取我的爱抚和感激,以及我重新燃起对光明前途的热望和信心。然而常常几乎是昙花一现,在给我许多阵疼以后,脓液又在体内像决堤破口一样“潸然涕下”!

我的病情的这种变化,也许在陶医生看来是一种有希望的、可喜的征候,他这时又开给我一份“四个月”的“期票”。我以曾经沧海的心情,对于这样的前景并不很兴奋。我带着保留的态度接待“希望”,以免将来又被“希望”重重抛到谷底。不过,我的心底仿佛像火山熔岩那样沸腾起来了。那是不可抑制的、永远在涌动的求生的本能啊!

不知是谁介绍来一位西医骨科医师。他姓关,听说是从日本占领后的香港跑到上海来的。他是广东人。我曲着腿,半靠在我的小病床上。暗淡的夕阳斜射在窗前的菊花上。菊花的影子和窗户上铁制的窗花影子交错重叠,印在地上,印在我的身上。我听见关医师在发表他的威猛大胆的主张:住医院,动大手术,上石膏,把腿吊起来……

我们当然不敢尝试这样的“刑罚”。

我的父母亲为了我,千方百计,只要听到有哪位医师,有什么方法,可以医治我的病,都不顾一切,要试一试。我怎么不感动!

春来春又去。然后是炎炎的夏日,也悄悄地逝去。然后是衰败的秋天,流水一样地淌走……

我在病榻上躺卧已经几百天了,依然望不见尽头。

在初冬,不知是谁介绍来骨科西医任廷桂,据知,他是有名气的私人开业骨科医师。

“这,是你的小世界?”任医师是有些风趣的人,他那黧黑的带麻瘢的瘦脸上,短髭一啜一啜地动着。体态圆细,神态从容。他的眼睛扫视我病床的一隅:病床放在墙角,暗暗的窗子朝南,床上是我,以及搁在床上的绿色小木几，堆置在几上几下的大盒、小盒、药、针药、糖果、小圆镜、收音机、乱涂鸦的纸片、日记册、邮集、书、其他。我曾写信告诉四叔：近来“每天生生病，看看书，集集邮；此外就是集集邮，看看书，生生病”。

这就是我的小世界！在日寇占领后的上海旧法租界迈尔西爱路99弄（诚德里）东一号，与著名的兰心大戏院紧邻的一条窄小的弄堂里，最后一幢单开间旧里弄的底层的所谓“客堂间”里，我长期困守在这样的牢狱一般的小世界！这就是我的小世界！不，不是“我的”，我是这小世界里的生物——一个摆在这小世界里的床上的一件东西而已。我对任医师，同时是对自己，凄凉地笑笑。

他竟然说可能骨头并没有坏，并没有毛病！这是他按捺耻骨部位之后这么说的。他在用力按捺并且问我感觉的时候，我不知道那是不是痛，我不应声，或者摇头。那么他是说痛和坏没有十分要紧的关系。那么，可能我睡了这么长久（这么长久！）是完全不必要（完全不必要！）的事了。可能我这病只是不应该看得太严重的皮肉之伤了。那么，我为什么要“沉浸”在床上啊？这么长久！发痴了啊！我又喜又恼。

他还竟然说我可以而且应该起来走动！奈何纵然允许我起来走动，现在也有翅难展啦！

他说可以给我介绍一位姓王的西法按摩医生，对我难展的腿会有什么办法。说那种办法是一种按摩方法，而那种方法可以由王医生施教之后自家仿行的。

为了透彻了解骨头的究竟情况，他建议我再去照一张X光片。他让我们去问问红十字会医院里一位曾医师，“深度X光照射”治疗对我这些创口是否有疗效。

他主张不用打什么针或吃“补”之类的什么药，只要胃口好就行。

我在常常晒太阳之后，胃口倒是很有进步。这时“侍奉”我左右臀和手臂的针药是“比荷哥灵”“爱摆脱老”；供应我口福（服）的是：“钙素宝C”和D、“丁维葡萄糖”、“维得命”、日本货“哈利巴鱼肝油精丸”；还得加上原来经常打或吃的许多其他针剂和药剂。前四种药是内科西医宋虞琪开的。宋医师给人以细心、谨慎的印象，外表衣着整洁，头发一丝不乱。他个头不高，瘦瘦的。我们家有关医药上的事常去找他的。

民国三十一年的十一月二日，颤动的我，颤动的寒风，颤动的太阳；车在摇摆，我在摇摆，房屋、树木、路，都在摇摆，多久未出大门了！哦，未出房门！哦，未出病床那一隅和那张藤椅！世界，大的世界，是肃杀的，像我；是凄凉的，像我；是悲怆的，像我；是颤动、跳跃的，像我。我满怀悲凉又辛酸，像小提琴上G弦呜咽：低沉，并且发出嗡嗡的颤抖声。

我幽怨、恼恨填膺。

满身疮痍，半躺半坐地沉陷在人力车里，用枕头垫着我的腰和背，用矮凳垫起我的双脚，人成了一个倾斜的N形——光阴的的铁锤把我在床及藤椅的模型里锤成如此形状！虽然变成如此形状我还可以稍作伸缩，但是我已经习惯于这种形状，舒适于这种形状了。我压低戴在头上的宽大的、我父亲的呢帽，缩着头，裹紧毛毡，好像一个逃避敌骑追捕的人。我生怕路人多注意我一下，多瞧我一眼——我这样一个破败、衰弱、潦倒的人！而我怔怔地窥视路人，我好久不见的、那么自由行走的活鲜鲜的路人。我艳羡他们怎么那么自然而轻捷地行走，怎么会的？我艳羡得要咽下唾液了。

白套长沙发的扶手上我枕着头，N形地躺着，觉得心跳，觉得累。红十字会医院在海格路上，那里的候诊室虽然狭长而小，我觉得它容纳了广大众多的寒冷，我觉得冷。母亲说我脸上的颜色和沙发套的颜色前后辉映，而且后面的一片白将我的清瘦衬托得明显。那边坐着一个也很瘦弱的女人。那边门口立着一个他的身躯有堵塞那扇门的企图的庞然男士。我躺着的沙发对面是两个将老的外国妇女，臂上都缠着红布条，标明国籍。“大日本”管理“敌侨”方法之一也，在上海，中国。白衣的医师们穿来穿去，在这候诊室。

我在车夫的手臂里转了几个弯，天旋地转地，便在幽暗的光线中有庞然大物的、奇形怪状的机器出现在我眼前。得等待，这类地方惯常要人家等待而不等待人家的，时间久了，我在车夫的臂弯中沉甸甸地往下坠。他一次次举高，我一次次下坠，我手上和额上都沁出了汗，也听到车夫胸口怦怦的心跳。（我父亲是一家叫作信孚印染厂的总经理，工厂为他配备一辆他专用的人力黄包车和一名车夫。母亲带我到医院来正是乘坐这辆人力黄包车。车夫抱我在医院中转。）

N 形的我不能适应必须“I”形笔直站立的透视机器，有人推来一条半人高的梯子一样的凳子，或者是凳子一样的梯子，这大概是登高取物用的。不到半尺宽的坐板，要 N 登位，戛戛乎其难哉！但是那地方的人不讲体歪的道理，只管一视同仁的医理，硬是推举我，使我坐在悬缆上一样，危如累卵，没有搁脚之处，没有倚靠之处，我干瘪殆尽的肌肉挤不出支持“坐”的力，我是处在风雨飘摇之中。危在呼吸之间的境地里，随时有摔跌倾覆的机会。我只得用手抓住又窄又短得可怜的这个凳子或梯子的一角，要抓住一个平衡。我身上沁出汗来，心跳加速，觉得危险。幸而透视屏板从前面抵住了我的胸部。刹时间灯熄灭了，跳出了彻底的墨黑，简直黑进了我的眼球，黑得我发晕，只有胸臆处溶出一小团像是萤火虫发出的那样的淡淡的光。黑暗在这里好像黑墨碰到染油的纸，化开了一些。

X 光透视机在吱吱怪响。

接下来，要我仰睡在 X 光摄影机的金属板上。第四次照 X 光了。我松了一口气，但还是喘息着，睁眼张望，瞻仰上面以我为目标，像枪口一样瞄准着我的神奇鬼怪。这是我经历的第三架了，三架模样都不同，但金属板都同样是这样硬朗，对于嶙嶙的瘦骨总是阻格，龃龉，好像这种机器共同的天性是厌恶病人似的，对于弱小一定不得不待之以顶撞。护士替我揭去膏药，擦去药迹，贴在右腿关节部内侧，那处核粒累累，在冷天多起来，酸痛起来。护士替我扯去各处创口外的药棉和纱布块，擦去随即流下来的脓液，似乎惊讶我有那么多（五个）创口。护士将我两腿拉扯到最大限度的低。X 光镜头降下来，对准我盆骨这部位。——“开末拉”（camera）！

心肺部 X 光透视检查的报告说无异状，无症状。曾医师说“深度 X 光照射治疗”对于我的病没有治愈的把握，却有祸延子孙的一定，说多照了耻骨这部位将来会没有子孙。

车在摇摆，我在摇摆，穿出熙熙攘攘的甬道，两旁排列着病室和诊疗室的甬道。来来往往的人，怎么有这样多生病的人啊！这里是人生道路上坎坷的歧路，命运多舛的人们悲惨的集合站。暗淡的，愁云惨雾的。那病室，病室，无涯际的白色里面都住着灰暗的故事，这样多的灰暗的故事啊！——然而，那些人们还是幸福的。而我，命运多舛的人们之外的孤独者！我穿过他们的悲惨的热闹的会集场，只像饱经沧桑的隐士偶而穿行过纷纭的市廛，而最终是走向万分凄凉的一隅，去伴着孤独。

去伴着孤独、脓腥、药，和我的小世界。

我穿出的地方记得是挂着一块“大日本军管理”的字牌的红十字会第一医院的大门。

民国三十一年十一月八日，西法按摩师王医生来。X 光照片的报告说，耻骨损坏并未见好，盆骨部位有些变形不正。于是任廷桂医师说要长期静养，过六个月再去看他，先将不能伸直的腿治一治，可找王医生教教我们。八日，星期日，夜晚，王医生拖着他的影子进来，状甚匆忙。那天正是“防空日”，他在红黑夹层布灯罩框限灯光成一个小圆环的圆环之外，在暗影里，在我病床前，搬弄我的两腿，摇摇，拽拽，送上送下。

“我有数了，我有数了，这毛病我们叫作关节炎。啊，好了，怎么会生这种病呢？一种菌，啊，一种菌，现在坏的是这个关节，同这个关节，同这个。再不看啊，慢慢叫就会蔓延开来，那么慢慢叫这个，同这个，同这个，同这个，这个，这个……所有的关节全要坏了，不好动了，僵掉了。压末来，手指头，脚指头，硬掉了，那么，就此……”他就此眼色一定，眼珠向额头里一翻，舌头往外一伸，双手一摊。……

这还了得！

“不过，现在看还来得及，来得及，我答应给你们想办法把腿弄直。”

直到民国三十二年的十月，这十一个月的一段时期里，都是他来我家为我看病的。在这段时期的初始，我想想，我该改变战略，对病的。不，不是“改变”，是理清一个或制定一个，转换一下。对现在形势的病不去追求创口的收合吧，因为那是几乎无望的已叫人心碎的事情了。再去开刀吗？无效！药物吗？无可救药！医师谁也提不出什么有希望的治法了。转而去关心我自己的腿的挛屈的问题吧，追求我的“自由的工具”的复原以至强健的可能吧，那么也许我可以起立以至行走了！纵然行走而创口未收，老牛破车的，总比这样钉死在病床上要好啊。或许我早就应该这样打算了，一心躺着梦想创口渐渐收敛，而弄成双腿的动作上也有病了！“不过，还来得及。”咳，还来得及！趁着王医生来治病，我将我的注意，我的希望，转换一下。当然，假如创口愿意先收合的话，我也肯。

在这段时期之前不久，话说有个“南海普陀山法喜庵”的叫作德音和尚的，法驾光临，破门直闯而至。只见他芒鞋黑袈裟，长眉瘦脸，双目奕奕，带了个跟随，常人打扮，旧呢帽底下，形容猥琐。那和尚话不绝口，唾星四溅，怪语连篇，道是他师父算得俺久病不愈，特地叫他趁邀香客之便，前来为俺消灾云云。说俺前生有老婆三，逼死其一，故乃有今生此劫报应云云。说此劫在来年“冬至”可告期满，惟须他现在祈祷一番云云。和尚心知此些言谈不能取信于人，乃施展一番“法力”，显示他确有“道行”。于是举手掐指运算，将我家大小的生日年岁、时辰八字一一报将出来。奇怪是竟然一丝不爽，诚不知是何法术，或许其跟随与他暗中有所蹊跷也未可知。那和尚随后出示以名片，授我以咒符一纸，叫我揣在怀中，可护身祛邪云云。继之又洁案燃香，对空恭敬膜拜，三跪九叩，念念有词。随后，忽吐真言，开口要钱，说是回山之后用以点亮佛前油灯，灯油之费，无上功德，最是替我消灾延寿免疾祛病云云。临去，犹作法一番，扬言一切晦气由我和尚带去，宽袖一拂，扬长带了灯油费而去。

天下之大，无奇不有。武侠小说中的一幕竟然会在我的病榻前上演。

十一、四叔死了

在这段时期之中的一天……我的四叔，死了！

是民国三十一年，不知何时起，四叔背上的包愈肿愈大。他看了好几位医生，中医大概说是“发背”；西医说是结核病——脊椎骨结核。他带着病，还常常来看我。他曾经生过肺炎，卧床一个多月，因此，他了解我卧病的痛苦。遭遇相同的人更会彼此同情，同病相怜啊。他不止一次对我说：“生病，苦噢？”天啊，他怎么也患了骨结核病？这是不可能的！还会有人，尤其我的小叔叔，跟随我踏进苦海无边的、难以解脱的这种病魔的炼狱里来吗？

病魔在招手，在那昏冥、阴惨、孤寂、黑暗无边又无底的鬼域前面招手。狰狞的死神躲藏在病魔的身后，贪婪地等待着一个个猎物，要把它们投入万劫不复的深渊。猎物们一个个拖着脚步捱过来，形销骨立，形容枯槁，毛发蓬乱，睁着一双失神的、空惘的、着魔的、愁苦的眼睛，垂着无力的手，拖着长长的黑暗，走过来，走过来……我就是其中一个，而我的四叔跟着我来了。——这是不可能的，不可能！让我一个人承担这病害的一切痛苦吧，这已经够了！世上不许再有人遭受这种病害了！

可是，他的病日渐严重，比我还严重！他也看了许多医生。听说那是个姓张或姓章的医生，用一把小刀，在鞋底上磨磨，对准四叔背上的包戳进去。四叔“啊”的一声，包破了一个洞，血和脓液流了出来。四叔就此躺下了，一病不起，不能再来看我了。我们天各一方，生着同样的病。

想不到他生病的时间比我短，竟然先我而去了……他只大我几岁呀，正当青春年少，人生道路应该还很长呀！

死了，这是说这世上又有人黯然颠仆，不再睁眼视看，不再有温热，不再有呼吸，不再思想，不再悲叹，不再笑。——永远沉默，永远静止，永远冰凉，而人们，活着的人们永远不能再看见他迎面潇洒地走进……

去了，四叔是这样去了，颠仆，远去……

他死的时候和以后相当长的时日我都不知道，祖父嘱咐家里防我，怕病中的我伤心而伤身。但是我从家人的神色里似乎得到什么异感。我向来看我的祖父问起四叔，祖父似乎一怔，然后笑着说：“他，他，很好，他很好，他现在，现在很好。”那样奇怪的、愕然的、牵强的、偏过头去的笑。我偷偷知道了，我在换药时候问母亲：“四叔……是……”

这是不必问的了，这是没有疑问的了！但是这是不可能相信的啊！

但是这是无可挽回的事了……我的手发软，发冷，全身通过了电流一样，充溢到头顶，头，发涨，神经在震动，发麻，鼻尖在酸，眼泪圆熟地滴落……滴落……

死了，经过多少折磨，多少挣扎，还是死了！我似乎听见他的呻吟，他的叫喊。他不愿死，他正年轻，但是死了！

他曾经病得十分烦躁，十分焦愁：“我怎么耐得住啊！”生命的蓬勃时代是更受不了压制的，病的压制，我懂。他挣扎，他抗争，要逃出魔掌。不少的医生，不少的痛苦，住在医院，住在家中，药，针，半身的石膏床……但是背上那戳开的创口日日夜夜流，流着脓，如我的腿那样。他消瘦，他惶恐，他焦愁，他枯干以至于脱形，他悲伤。外国医师向他创口里塞玻璃管灌洗，向他创口里塞一段段长长的纱布条，每次使他痛，痛得叫喊。他有时呻吟，哭，生病中病——并发别种寒热病。脓流着，流着。他由脊椎骨结核转而并染肺结核了，他咳嗽，他连续地发热。脓更多，大注大注地、日夜日夜地流。他更惶恐，他变得信佛，整日念佛，整日读着佛经，要寻得安慰，要寻得拯救的援手，要定命的因果帮他解释那苦病的根由来安定他的心。他更焦愁，他更瘦……他果真逃出病的魔掌——他死了！

他的名字叫吴希锐，是我的四叔。

咽下最后一口气，悄然合上眼睛，无声地结束一切，永远沉默，永远静止。撒开枯干的手，那空茫的，绝望的，灰心于把握不着任何事物的——苍白的、无声的、对生命的诘难。

枯瘦的、蜡黄的躯体凋谢，僵硬，沉落在深沉的黑暗里，永远静止，永远冰凉——沉痛的、无声的、对病的侵害的答复。

死了，他在临终时，要家人为他嗪诵佛号，要沉静慈悲的声音的手抚揉他那尚在跳动的有所不甘的心……

在人类最悲凉的、最低沉的、最喑哑的声音里，他去了。……

他会平安!

……

死，人——不，一切，在茫茫的没有开始没有终了的无限的“时”和茫茫的没有起点没有尽头的无极的“空”之中，这茫茫的深和远之中，是不知从哪时，在哪儿，开始从茫茫里走向茫茫。一步，一步，都是走向死亡的茫茫。

不，或许死亡里是没有茫茫的。那里是感觉的真空，色彩的真空，声音的真空，形的真空，茫茫的真空之地。

不，那里也没有真空，那里是“时”“空”之外的更不可追究的地方。它，是宇宙的史前就已经失传了谜底的谜。

走进那里就是失踪在宇宙之外，成为宇宙之外的失踪的失踪。

我，也是正在从病的捷径走进那里吗？！

十二、"使徒"誤我

按摩王医生并没有如他所答应的将我的腿弄直，我并没有如我所想的能够起立，行走——纵使带着满身创伤的束缚困顿的行走。

那十一个月有奇的长时间啊，我除了叹气，只有叹气。

他并没有如任廷桂医师所说的将按摩的方法教给我们，让我们自己依法仿行。其实那种方法看起来是简单无奇，不足以言医的，尽管他闪烁其词地称说个中有什么诀窍。每次他来，步履迟重地来，迟重地端过来一张凳子，坐在我床前，便掏出衣袋里的玻璃瓶，洒胡椒末似的将瓶里或许是滑石粉之类的白色粉末洒满他的粗大的两只手掌。于是用布满粉的手揉捏或称按摩我的两腿，我干瘦的两腿。先按摩这只，再按摩那只；先在膝关节底下（特别是注重那底下如弦索一样紧张而僵硬的粗隆的筋腱），然后下而及于踝骨部，上而溯于创口的前哨（说“上”，也是下斜的，这下斜的上腿也有粗隆的筋腱）。然后由上至下，由下至上，或随便拣一处细琢细磨一遍，或一下。带捏地揉，带揉地捏，硬中有柔，柔中有硬，不徐不疾，或轻或重。有时他站起来以泰山压顶之势对我的腿的高峰施以硬而带软的弹压。——这就是方法，每次顶多不过二十分钟。

这方法一共揉弄了我九十余次，结果呢？我只有叹气。破了一个创口的左腿似乎好一点；破了四个创口的右腿，本来弯度较大的，并没有什么改进，没有什么成绩。好处呢？腿没有变得更弯曲也许可以算吧？还有，按摩的当时，肌肉舒松一点，血脉流通得快一点。

他来出诊是不用挂号，不用约定的，全随他。有时下午，有时中午，有时夜晚。有时一星期三四趟，有时只有一趟，因为他说他忙得很，有时有空，有时没有空。

他的步履不知为什么有点滞重，好像他的鞋太重，不胜提拔之劳似的。他的头周转起来也像不太灵活，颜面的皮肉也是僵僵的，有些皱纹，好像雕刻。这或许是因为他年纪快近“垂垂老矣”的关系。头发也半是灰白，却不知他的眼珠怎么也黑中带灰。有时咧开嘴，不柔和地——说是笑倒像是展览他的白细的牙齿。瞧不出他倒是爱绘画并且会画油画的人，他说他是。他说病人好似油灯，点燃多了，油会干掉，叫我闭目以保油，不要用心思。每次他来总向我打听报纸上的字缝里的消息。我这时已经从一楼搬到二楼养病了，我在一长排玻璃窗下的铁床上向他谈论“天下大事”。我曾经又被搬回楼下原处的“小天地”里。我便在那昏暗的床上向他谈论“世界风云”。当时的报纸《新申报》等我是每天看了又看，翻了又翻，从年月日直看到最末一条边。他喝茶是尖撅着嘴直插到杯中去的，对着水吮吸，啜啜出声，姿势像牛饮，大概是怕碰到杯口，接触到什么传染病的病菌吧。不知道这卫生之道可有道理，不过那十一个月有奇的时期中，没听说他生病倒是真的。他并不管我的创口，只管按摩，所以换药还是我自己的事。

我的不得已的、退一步的、一点也不过奢的想望，我的可怜的、紧缩的“战略”，就都幻灭夭折了吗？我的想望和“战略”不过是起立，行走而已！人的最基本的权利，病魔都剥夺了，不还给我！

按摩王医生没有揉直我的腿，没有揉成好的结果，却揉碎了我的心。

我只有叹气。

紧接他来医治我的是经人介绍的一位名叫丁永祥的人，不知他是什么科，也不知他算不算一位医生。

那晚，民国三十二年的十月八日，我已经卧床两周年零两天。苍苍凉凉的深秋的傍晚，祖父陪同他来。他是那样朴素，一袭蓝布衫，又旧又短，肩上还打着补丁，穿着布鞋；行动是慢步轻移，谦和恭顺、谨小慎微的样子；说话则低声下气，轻言细语，委委婉婉。我没有见过这样的医生，很少见过这样的人，他真好像是上帝的使徒。

祖父介绍说：“这位丁医生真是仁心善术，热心救人。他行医完全是为了救人，他要完全奉行耶稣的道理，使人得福。他医道高明，有个生百日咳的小孩他医好了，还客气，推辞不受酬报。他对各种病都行……真是你的福气了，能请到这位丁医生，这回灾祸要脱体了。”

我先油然而生的是敬仰之心，真有医生是可以不计利益地单为救人而救人吗？尽管是因为神？他仪表是那样简朴，外表是那样敦厚，假如他如我祖父所说襟怀是那样崇高，手段是那样高明，那么他只能是哲人，是圣人，是神！他是天使，外貌是刻苦勤勉、慈悲救世的样子，我不禁有高山仰止之感。因之油然而生的是对他的十分的信任。乍见之下的欠考虑的不细究的坚定不移的信任——对他，也对他的能力。我心中朦胧地浮起一点“希望”之光了。

他从衣袋中掏出一个放大镜，送到眼前，对准他搁到桌子上的我的X光照片，仔细地察看，察看个仔细。再慢慢移转他的放大镜来对准我袒开的右腿。放大镜离我有二三尺远，他的眼睛在镜后瞄来瞄去，若有所见似的。放大镜又慢慢还原了，对准照片。又慢慢转过来，对准我。又还原。反复参照，若有所见似的。他说他看看腿的“里厢”，“里厢，洞洞都是通的。这个医起来工程很大，骨头？……骨头……还好”。他说：“要将肉里的龌龊钳钳清。”他说：“先把旁的洞都收收好，只留一个洞，让脓都从这一个洞里流出来，使它毒淌尽了，就好了。”他说：“我可以天天来。我天天来。”

他的看X光照片的方式叫人纳罕，他会不会并不懂得怎样看X光照片呢？但是我的疑窦即时被我的“信任”压抑到心底下。

时光的手已磨平了我的心，好像已不如往日那么焦躁；好像久用的弹簧，已不那么容易弹跳。一切什么想望、欲求都已经懒懒散散，好像拨弄经年的佛珠，圆熟，晦暗，不新鲜了——不，不是这样。想望、欲求是被一回回打击，打击到心底而恹恹欲睡，奄奄一息的——不，也不是这样。是充塞了一团想望和欲求的熔浆的心被时光所风化，被时光的手研磨，凝结了一层麻木、迟钝、遗忘的外壳，而沸腾的熔浆收敛、隐匿在深深的深处。（一颗长久沉浸在患难之中的心会对患难生出适应的外壳来，因此，人就能忍受患难，是吗？）现在，似乎我的心又波动一点了，似乎想望、欲求又兴奋地彰显一点了。因为，现在可能我是遇到转机了，可能真有什么交运脱运的天意昭示了。那个怪和尚不是说今年冬至日是我的命途上的“关节”吗？这么巧：正好在冬至之前遇着了丁医生。要不是有这个“可能”，怎么会这么巧遇着这位仁心仁术的丁医生呢？老天派遣的使徒，要来救助我这个沉溺于苦海之中的羔羊了！

第二天他带了药箱来，我怀着满腔的感激，以目迎接他。他的药箱怎么那么破旧呢？箱子里也只有可怜的几样简单的器械：发黑的剪刀、发黄的镊子、斑驳的引针、生锈的针头、变色的灌洗球和那把放大镜。还有几样普通的药品，几包头痛粉、若干瓶“济功水”、红药水、紫色药水、黄色药粉，以及几管不知名的针药，以及乱糟糟、脏兮兮的其他东西。为什么好人，好的东西总不归于他？！我觉得不公平，只是这样想。

他缓缓地、体贴地揭开我右腿上的药布。“三潭印月”的“景致”之中，侥天之幸的是，那回二次开刀被陶医生凿开放脓的那个“第一洞”这时已经收口了，已经自动收口了！而且看去长得很牢，靠得住不会再复发。那疤痕是凹陷的，陷下约二三分，焦黑，又失血色地白，而且疙瘩不平，长在我如柴的瘦腿上像鬼怪的魔眼。它多么丑陋，但是这丑陋却给了我多少无与伦比的慰藉啊！我爱这丑陋，而且渴望再添几个这种丑陋，即使比这更甚的都爱，都望！要是有一天，我能心怡神悦无忧无憾地摩挲完整的全部六个丑陋（包括已形成的痔漏和左胯那个），而腿又能够放直，能屈能伸，那我是多么……哦，这是多么——在别人和从前的我看来——可笑又可怜的愿望啊！不，是多么不值一笑的愿望啊！但是现在的我是想望得多么可怜又可笑。可庆幸的是仁心仁术的丁医生就在我的面前……他揭开药布，踌躇了半晌，好像不能决定怎么样和用什么方法才能减轻病人的疼痛似的，他在他那破旧并简陋的药箱里发掘一番，拿出了发黄的镊子。然而他却又用手去扯开一块药棉，浸沾了双氧水，在各个创口四周那样缓缓地、体贴地、轻轻地揩着、揩着。

再有一天，他的药箱里带来一册《新约全书》，他要我看看，要我跟他做祷告。依“谜”为生的神和鬼是被人的知识击破“谜”而赶得离世界越来越远，离我也是越来越远，那么要我去祝求鬼神之属，我怎么能捧得出诚意呢？但是我不好不跟他做祷告。唔，“将来”是一个永远的“谜”，神还是可以去管领的。“将来”是“谜”，“将来”是“迷惑”，对于一个在现在无所掌握，抓不着希望和援助的人如我，是特别有此感的。那么求吧，祷告吧，我便照他所做的做了。叉手，垂头，闭目，静默，让逾越过别人家的屋顶而倾泻来的微弱的下午的秋阳倾泻出声音，让桌上的小钟从静默的深湖里冒出滴答，让他的微似一般牧师的职业性的绵绵颤动的声音在静默里喃喃而语：“我们在天上的父，人们都尊你的名为圣，你使瞎子开眼，跛子走路……我想求你，请你降你的大能给我，使我好赶掉魔鬼，让我使这位少爷得救……阿们！”

我真心感动于他待我的善心，无关痛痒的人己饥己溺地关心我的痛痒，更且治理我的痛痒如己饥己溺，真使我感激涕零，真使我有如“负债累累”，觉得不安。

我又觉得恬适，安稳，并不是以为结果已经十分确定不用去焦虑了，也不是上帝的“灵”感化了我，使我安心了；乃是——好像幼儿得到摇篮，漂泊者得到安静的避风港，我好像得到一个胸怀，可以安稳地歇息，安稳地哭泣——虽然我会厌恶我自己（假如）有这类软弱的举动的心理。不过——“好像”是可以的。

心理作用下，我觉得病状渐渐有进步了。

他是渐渐熟悉他对我的创口的治疗法：用药棉体贴地轻轻地揩，用灌洗球插进创口挤进紫色的什么药水灌洗，用镊子深入创口在红红的、发炎的、不见底的肉里仔细地、慢慢地钳（一下一下是钻心的痛）；然后，再一次灌洗，再用裹了什么药粉的纱布条紧紧塞满右边三个左边一个洞，再包扎起来。他这样每做一次都需要很不短的时间，有时是二三小时，他耐心地、仔细地做着这样费事的工程。

我也得耐心地、仔细地忍受。当我看见他低垂着阔脸宽额、坐在床前小矮凳上，专心又小心地工作的时候，我深深感动，衷心感激，觉得他神圣又庄严，觉得我自己应该去协助这个工作，使腿上得到的感觉和我自己分开，以便不要打扰他，打断他。当然，那感觉非常难熬。尤其在钳的时候（从脓水满布的创口中钳出的大概是血凝成的浆一样的小疙瘩和损蚀掉的或红色或惨白的细短的微血管和腐肉），以及在塞纱布条的时候，非常、非常难耐，常常是血流如烛泪。我总是左臂支撑半身，右掌握着拳，咬紧牙关，全心感激地忍受着，而且在他问的时候强笑着说不痛。

他说他一点也不知道该怎样医治，一切全凭上帝在他心中工作，给他以启发和指示。他说“不知道”可能并非谦虚，看起来他的确并没有医治我这种病的经验，而是要从我身上才能得到这种经验。假如他的工作是得之于上帝在他心中的工作，那么上帝叫人多么奇怪：他替我打针，说是叫做“赐保命”的药针，是打在我的背上，却不是在手臂上！针尖轻轻碰到我的皮肤，我觉得药水（？）流下来，是在皮外流下来！他看我的最后那一次，记得替我打针打在我的小腿腿肚上（！），我觉察针管里根本没有药水（或清水）！

外国针之外，他还替我打中国针——金针，一种金属的细针深深扎进我所剩无几的瘦肉之中，有一二寸深，总有金针的一半那么深；另一半则直立我体外震荡着，震荡如我自己。他时或还用手指捏住这另一半搓捻，搓捻到神经的中心一样。还好不是每天打金针，但每打一回总要扎五六处至十几处，凡创口的附近，尤其是创口的边缘，最难熬是扎左胯的创口皮肉嫩弱的四周的时候，几次扎出多量的血。他说打这种金针是为了扎成小孔，放入空气，放出“里厢”的毒水。

他嘱我吃吃珍珠粉，说能长肉去毒。我吃了。他还挑起一小撮一小撮送入一个个“莫测高深”的我的腿上的魔窟里，说能长肉去毒。

我提议用用一种“十年不收口疮药”，这是报上广告所宣传的，这种美名是多么能吸引目前境遇中的我啊！传单上说一切溃烂流脓难治毒疮即使十年不收口，三日必能痊愈。我用了——他替我用了，掺和珍珠粉或者不掺和珍珠粉，用了怕有十个三日之久。终于，使我觉悟：这种药即使用十年怕也不会发生收口的效力。

一天一天过去，一天一天过去，上帝怎么还不降福给我啊！——或者给他，使他让我得庆更生？

我在心理上觉得自己比较好些，觉得是：似乎有精神些，似乎能不一直萎靡不振，似乎能在高兴的时候高兴一些。这或许是因为生活得“富裕”和“充实”了的缘故。

因为经他的提议，父母亲尽力使我的饮食丰富起来，鸡呀牛，蛋呀肉，汤呀汁，供应不断。在这第二次世界大战和抗战时期，在这战火遍地、物质匮竭、民生凋敝的时期，吃黑面，吃苞米，一餐白米饭都算珍馐的时候，这确实是非常奢侈的事，更是艰难的事。又遵照他的嘱咐，我十分顺从地彻底休息，将已经是最小范围内最少的动作再紧缩。不看书，不听广播，不拿东西，不翻动一下，只屈着伸不直的腿仰卧着，卧在静止、寂寥、虚无的中心，静止到只有呼吸，只有脉搏跳动。耶稣的使徒使我登临涅槃之境了。只有好吃，只有好睡，无所事事，无所用心，因此才精神一些了吧。

可是，我比从前更瘦，面色更差——这是他人都委婉指出而我想否认的事实。这是因为损耗太多，病的损耗超过给养，脓水是在增多，不容我不承认。

但是我还是信任这位丁先生，一如他信任及信仰上帝。每回他领我及替我祷告："至高至上的神啊，无所不知无所不能的主！求你快降你的恩惠，你的大能，快救这位这样好的'小囡'脱离恶魔，脱离痛苦！"使我动容。"我是一点都不会，一点都不懂的，全要仰仗你，大神！这'小囡'已在床上过得这么久了，吃了许多的痛苦了，主啊！你可怜可怜……"说到伤心处，真使我欲哭无泪。他说他在家中每回祈祷中也都为我祝告，我深觉歉疚，觉得欠负他什么太多。他还替我剪指甲，洗脚，穿袜子，简直是慈祥的保姆了，我是多么不安。

我也不安于他用肥皂抹洗创口的四周，我深恐皂水渗漉进创口中去，而他却更将洗用的水以毛巾沾饱了去灌浇那几个洞孔！他说水是上帝造的，无所谓不干净，只有人龌龊！

我的身体是日渐衰弱下来，日渐显然，不容大家不承认了。精神也差了，损耗太多。

实在说来，自从他医治以后，病况从来未曾有过进步，反而是相反：洞是深了，也裂开得大了，纱布条是越用越长，脓水是越来越变得汹涌，会渗出药棉，渗出纱布，渗出厚裤子，染污和渗透床单。他医治我差不多有两个月，最后一两个星期的换药，每次脓水沾饱的药棉总是堆满一个换药盆外加半痰盂这么多。这么多污秽又腥臭的东西，教我心惊又心伤。那个时期脓水的流泻几乎不断，灰绿黄白相浑再和黑色相浑的那种颜色，轻轻挤一下就会滚滚而出。

众创口的附近一片逐渐又浮肿起来。不但如此，而且浮肿逐渐扩张开来，瓜瓤一般绵软，疲塌，直肿到大腿的一半有余了。逐渐，已经封口的“第一洞”以至痔漏的洞都呈不稳之势。

逐渐，耳鸣，头在云雾里似的玄虚，乏力，爱出有潮意无水珠的汗，心脏时觉恍惚，尤其对面那爿汽车修理厂里的马达在离我不过一条弄堂之遥的地方连续地大声隆隆轰响的时候，难受无已，简直像是马达在我心里旋转，简直想不如让马达的皮带卷掉我，一了百了了吧。越是心悸，越是出汗，越是头眩、耳鸣、眼花。

终于发觉我连续发热不退烧了。

便又请来西医内科宋虞琪医师。他说我并非感冒，并不是别种内科病，可能是创口发炎而致发热的。

我们便不再找这位丁永祥先生了——这位看来是好心却不懂医术的使徒。

他遗留下一个搁在我床底下的生满铁锈的盒子，盒子里装着不干不净的创口外敷油膏“伊克度”，还有发黑的剪刀，变色的灌洗球，还有那册翻旧的《新约全书》，还有他第一天来时用来看 X 光照片的那个放大镜。

后来听他说只是一个“悬壶”人，行旁道——“顶天行道”的新草头郎中。证诸我的父亲付给他一笔数额不小的一张支票时，他茫然不知何用法，可相信他不是一个正式医生。我不忍说他是一个庸医，或江湖医生，但又忍不住这样想。

他或许不是一个坏人——存心欺诈的人。假使他有适当的环境，或说机会的话，我想他可能会成为一个好医生。然而，按照他目前的情况，用“行医”来谋生，无论如何，只能说心有余而力不足，对于他，对于我，都是十分可悲的。

十三、在病魔的牢狱中

民国三十二年的冬天，我搬到二楼一个小房间去。我家在这老式里弄里，一共三层，每层的朝南房间大一点，朝北房间小一点，北房只能放两长床铺。我的病床在北窗下。我继续生病。

像骄傲而斗败的公鸡，万念俱灰的漂泊者，心寒意冷的孤零零的流浪汉，我颓然瘫倒，随身体所愿，而不管身体怎样扭曲，腿臂怎样被我自己压着不适。

不再期待，不再希望，不再恐惧，不再思虑，不再悲愁，也不再强自欢乐。

不再焦急时间流逝，不，不再注意时间了。好像对已经破碎的纸鸢松手了，让它飘走，让它在眼前飘走，让它无影无踪地飞逝远去，让它消磨我的心，我的希望。

我不注意自己到底还活着没有，我不注意任何事，即使山崩地裂，即使天花板当头压下来，或者我从地的裂口中往下深坠。我甚至还振起一点希望之心去希望这种绝少可能的突变来替我作一个我的一切，包括我的病痛的总结束。

算了，结束吧，我还能希望什么呢？连绝望也都是黯然的了。

前不见尽头，后是那绵长的血腥的路，呀，长得怕人！

算了，——连绝望也都是黯然的呢。

这黯然的小室，阴沉如我的心，狭小如我的世界。

无期徒刑的囚犯也会比我好吧。他们生活在狱中，而我，生活在恹恹的病狱的病床上腻腻脓血堆中，心也被创伤禁锢了。囚犯们知道他们自己的期限——无期，而我，不能知道我自己有没有霍然痊愈的一天。结果到底是不是我和我的病一同结束？我不能知道，因之我不能暂时地无忧无虑、或者绝望地将一切意念埋葬，也还不能决绝地决定让别人来施行埋葬——如无期的囚徒所可以做的那样。

算了。在这黯然的小室中，过一天算一天吧。

窗外不远处那堵墙是八十二层砖块砌成的，我床里的墙粉的裂缝是如此形成曲线的，墙上还有一些水迹，那水迹是这样的一朵一朵。我循着不过几方丈的天花板边的线条转眼，兜圈儿，兜得那好像是圆的了。

多么稚气，多么无聊，寂寥而患病的长日是多么难捱啊！

日光投射在墙外那堵墙上，刷抹了一大片明朗、璀璨的光彩。多么明朗，多么灿烂，多么富有生命力，多么具有一种挑逗性！不，不理，那是灰色的，黯然的。日光一次又一次地不着痕迹地移走，好像海潮在海滩上涂抹又隐退，一次又一次便是一天又一天！不，那是无聊又无意义的把戏。

我，面壁而卧，仰面而卧，睁眼而卧，闭眼而卧，我是个无意义的静止的动物了。我的一切都在冻凝状态之中，除了烟雾般不会冻凝的一些玄想、幻觉。

我不欢乐，在有时有这样的空气时——对于我，欢乐的空气好像海潮，一涌而退，露出的依旧是沙滩。

也不悲哀——这也没有意义。

只要平静，也不管会不会在平静里沉沦，淹没溺死，不管长久的平静会不会使我窒息，使我毙命。

不，不平静也行！尽管这里是凶恶的海洋吧，大浪！怒涛！撼天动地的吼叫，发疯似的震荡，我也毫不在意，不在意得只像一块木片，任是漂浮，任是被卷入海底，任是被浪潮擎得高又高，再高……任是又高又猛地抛下来……摔成齑粉，摔成泡沫，我……毫不在意。

不论怎样，不管怎样，让含苦味的光阴的丝绕我成蚕茧吧。

不管腿是多么弯曲，我弯着腿，随腿所欲，我是不必、也无心为我的将来和将来的行走打算了。

丁永祥医治期内，我的腿的弯曲度变得更大，右腿不但很弯曲，而且又向内向左边倾侧，不易掰开，这是长期蜷缩以舒弛疼痛的缘故。我不管，还是让它弯曲地倾侧，让它自由。朝右而卧的时候还照旧把枕头垫在右膝之下。这，使得创口悬空，不碰到床，不碰起疼痛。

不管，让光阴的丝绕我成畸形的蚕茧吧。

写到这里，我想在这些紧靠的字句中间，插入一句道谢一位“隐名先生”的话。

他——后来知道是她——在这段时期及以后，经常以“同病相怜者”的名义，用通信的方式，给我以慰勉。慰勉常常是病人的清凉剂。我从她的信中知道她也患过骨痨，叫我不要绝望，要信仰上帝。我非常感激她对我的关怀，但是我不知道自己为什么那么固执，辜负了她，始终没有接受宗教信仰。很久以后，她才告诉我，她是我一位中学同学的姐姐。又过了很久，我才知道，她也因骨痨致残。

我另外还知道一位同病者，知道，并不认识，也没有来往。母亲不时告诉我——他是个孩子，他瘦了——他萎靡不振，无精打采——他更憔悴了——他黯然地靠在一家药房门边，坐在日光里，他的腿很瘦，不比我好，他还能行走，他的创口也在下肢。

时不时地，从我眼底冒出一幅凄迷的，悲惨的画。我看见他……不，似乎就是我自己。也可能是另外一位我从不认识、从不知道、从未听说的人，可能也是个孩子——他躺在天底下哪一个角落里默默捱受磨难，和我，和许多人，属于同一类的无助的、无望的可怜人！……瘦削，黯然，生命的火焰低微，奄奄一息……

好久以后的一天，母亲告诉我说：“那家药房的店主说‘我的那个小孩……’他两手一摊。”

“一摊，唉，一摊……”

母亲因为我成为那家药房的老顾客。

“海尔平”也大都是在那家药房里买的。这针药是史法斯先生开出单子嘱咐我用的。这针剂是土黄色，很浓，浓得不易化开。就形状、就颜色说都像掺了土的厚脓一样。我前后用了至少十多盒，就是至少因它挨了一百多针，注入了一百五十 CC。

史法斯先生大概也不是医生。他识中国字，并且会写会说国语。他说他是奥地利国人，白皮肤，黄褐色头发，眼睛是勇猛地向里退缩，像是为了避让那副无边眼镜的镜片。于是，鼻子高了，而前额到眉毛的地方陡然向内斫断，形成断崖，而由眼镜片承接，撑此危局。黄褐色的眉毛好像是断崖下边的枯草，覆盖着眼镜片，眼睛则住在那堪避风雨的深深的洞穴里，远远地、安全地一闪一闪。眼珠是什么颜色？淡灰？淡蓝？淡绿？都不是，都是，又像是没有颜色，又像有，像两颗洗褪色的未熟的葡萄吧，大概。

他看来三十多岁，一边面颊下有一条不短的刀伤的疤。他爱抽烟，不茹素，总之，不能使人将“佛教徒”和他发生联想，然而，他说他是佛教徒。我的祖父是虔诚的佛教徒，和佛教会多有关系，史法斯先生便是由佛教会介绍来的。

他不像医生，从不带医生所应带的东西来，只像是来看看朋友。只有最后一次带来一个敲腿用的橡皮小槌。他一共只来过相隔很久的三四次。他开出“海尔平”和“拜耳健身素”，教给我们一种矫正屈腿的方法。

“海尔平”好像有些功效。自从丁永祥医治后脓液流淌的汹涌声势，在用过“海尔平”若干针以后，渐见抑制了，更渐见减少以至稀少了。连续不退的高热也一点点减退，恢复到丁永祥医治以前的样子：有时间性的不在意的低热。身体也慢慢转好：从酷瘦恢复到瘦。这些好转或许也要归一部分功于“海尔平”之外的其他食品和补品。父母亲费尽心力和钱财要把我从危亡的境地中拖回来，继续供应我蛋呀油，猪肉，牛肉和牛的骨髓，还有马的奶，鸡、野鸭、甲鱼，甚至人乳和胞衣，还有钙片、钙针等等。这些在当时敌伪统治下都是十分珍贵的营养品，千方百计才弄得到。

或许这时的心理状态也是于身体有助益的，就像阴湿的泥土有助益于植物的生长。——我不悲哀，不焦虑，不去思想，把一切都当作已经过去。不，把一切都遗忘，遗忘悲，遗忘病，遗忘自己，也遗忘有遗忘这回事。

矫腿之法是用布带扎住伸不直的腿，多半是右腿，然后拽，使劲拽，再将布带紧紧地系在我脚头那端的铁床架上，系而时拽之，在觉得可以拽得更紧一点的时候。我的腿像扳不直的鸭颈一样被硬扳，我时时想退缩，拽久了会很麻很酸的，不过在实在不能忍耐的时候，可以随时解开来。

就让“海尔平”继续打下去吧，腿继续矫正下去吧，“拜耳健身素”继续吃下去吧！其他的：用吧，吃吧，做吧！我把我自己当作消耗及承受药物及其他的一部机器——不管加上来的是什么，不管会不会产生什么。

在丁永祥之后和史法斯来的这段时间里，以及其后的时间里，我们又找了几次陶慕章医生。这主要原因是用在创口处的药粉和药膏不继。他来了，奇怪我怎么还没有好，我觉得很惭愧。他叫验验血里有没有梅毒菌，化验结果是“负”。我不知道他为什么要做这种化验。我奇怪他怎么还是那么医法，还是那些药，还是那些可有可无的药。

本来，母亲每天替我换药，我觉得于心不安。我试着自己换创口处的药了，母亲仍然在一旁帮着。我自己剪纱布，涂药膏，用弄断针尖的针管吸药水，洗创口，挤脓液。一个个的创口挤，揩，然后洒药粉，有时候上药捻，再贴上涂了药膏的纱布块，再用布条密密包裹，用布带扎紧，每天，每天，每天！每天都得好好地、仔细地做的这个工作！这个工作里是丝毫不含乐趣的，反倒容易勾起我沉痛的感慨。

一包包药棉，一瓶瓶药水……在一次次的这种所谓的工作里一点点消耗，消耗，至完，至空，而我的病……还得用几多包？还得用几多瓶？我前面铺满药物的路要一直延伸到哪儿？我为我自己还得这样做几多个“每天”？几十个？几百个？还是几千个？还是……还是直到我的末日？

哦，听天由命吧，我不管。

黯然的病魔的牢狱还要关押我多少个岁月呢？我的少年时期！我的青春时期！全都是在阴惨的病魔的牢狱中度过的！大好年华却犹如牢狱中的败坏的垩土之墙一样，一片片无声地、悄然地剥落，陨落，斑驳，残破，完全是不堪设想了，还要关押我多久呢？多久呢？——不……

不，我倒是应该欢乐一点，似乎应该这样，纵然欢乐易逝。

就是因为欢乐易逝，为什么不好好抓住它片刻呢？不抓住它，它便白白地溜走了。

我慢慢强迫自己改变一点。让去的去吧，让要来的来，我，高歌现在，我有时便激昂高歌，不管是当哭还是当乐，比一贯的、长久的、死气沉沉的缄默要好吧。

我囚居小室，在有太阳的时候，也让人将我抬到前面朝南的那间晒晒太阳。

在有太阳的时候，我半靠半卧半坐在窗前大书桌上，插足和投身在阳光里，从日出待到日落。凭着病窗闲眺，凭着病窗遐想。我在二楼俯视，艳羡地窥探那边小巷内匆匆的行人，我是很久没有看见那么多陌生人了。我看见那些匆匆的行人，感到新鲜好奇，却又油然而生一种莫名的亲切之感，好像荒岛上守灯塔的人返回陆地上一样。我欣赏，讶异，羡慕，又嫉妒那些我的陌生的同类。他们那样自由，那样鲜活，而我……

我生命的第十七个年头，我还是睡着，靠着，半坐着，在棉褥里辗转着，在腥秽的气味里，在脓液的黏腻里，在药物的包围中，就这样过渡到生命的第十八个年头——民国三十三年。已经是生病的第四年了。从民国三十年起，我一直带病延年。

生，老，病，死，是人人都有的“苦”。每个人的命途上都有如此这般的安排，有如在运动员起步之前就安好了跳栏。但是我只生过，病过，病了很多年，我还没有老过哇，就要直截了当地进入最后一种 “苦”里去吗？一天，一天，一月，一月，一年，一年！至今我仍然没有发现怎样才能走出岔道，回到“老”的“正”路上去。

或者，少受一种苦是一种很上算的事情吗？

或者，我已经“老”了？我已经到了我的暮年，而入墓之年为期不远了？

我的生命之歌已经吟唱到尾声了？

我望不见未来。我翻阅幼时的照片寻找我的回忆——这是多么老态的行迹。

过去的影子印在纸上，我和过去只像隔开一层纸，可是任凭怎样也不能透过这层纸去实在地触摸了。那旧时的影子怎么会变大了，变成了我，而离开了我？……它，那个影子，曾经知道它的前面有这样一个漫长的疾病，严重的灾难么？

它不曾知道，正如我此刻不知道将来。

收音机中又流出《金丝鸟》的音乐，使我又想起四叔，我历历记得有一次他随着收音机流出的音波叩桌蹈地哼唱这支歌的情景。如在眼前，如同昨日。唉，过去，昨日，今日，将来……歌声依旧，人呢？……不，这歌曲变了，变得凄惨，幽咽低抑，低抑如游丝，飘忽如云，肃杀如寒风……击节而歌的人已不知何处去了，这支歌还为谁留在世上呢？……或许那支歌，是从另一个世界飘送过来的吧？四叔仍然在那儿，在另一个世界里吟哦、点头、击拍……歌声浮在空气里，有一种景像像浮在歌声里，我看见。

太阳一遍一遍晒过了，一遍，一遍，弄堂像盛水的盂，盛满了阳光，一遍，一遍；或是阴雨，一遍，一遍；盛满白昼或是夜晚，或是晨、昏，一遍，一遍……

有一丛无名的小草在对面屋顶上偷偷地、默默地、奋然地绿了。

我的心意几时绿呢？

十四. 苦苦挣扎

民国三十三年的夏天。六月末尾的前一天，我的小室的门口出现一个体积和重量看上去都满可观的人。

“就是侬要看病？”听上去是傲慢不逊的口气。

正是。我是有病的，也打算看——假如那不是浪费“希望”的事情的话。只不过，我和我的病和看不看同他那个人有什么关系呢？我茫然。

我随即知道了他是经人介绍来的，姓谢，谢剑新医生。

“什么毛病？”他问。

“骨痨。”

“噢，骨痨啊！”他说。“哪‘能’起头格呢？”

我将我的病史简略地背上一遍——痔漏，开刀，腿肿，骨坏……

他低首、弹目、蹙额，那样凶狠地听着，好像他一贯视病人——或疾病如仇似的，或者，好像我不该生这个病似的。

他的眼睛活络有神，可是眼皮上下呈现显著的紫檀色——即使在黑黄色的大面庞之中也很显著——叫我猜想，有一种所谓眼缘溢血的毛病是不是就是这样的？

他庞大，但是并不高大，所以看上去是厚厚实实滚滚壮壮的——像发得挺好又挺结实的硕大的荞麦馒头——在空间占得了面积，稳得了重心，可以撞来撞去。

他的头肥硕，浑圆，光光的，如某作家形容一个书中人物所说的：像一个膝盖。看到他的后面，头局促而无波折地直接连到背部，难见颈项，叫我猜想有所谓欠缺美感及纤柔性的人的类型。

听完病史，他并不来管我的创口，他要我坐起来！坐在搁到床前的硬硬的木凳上！对于我这可是天大的难事啊！我久已不习惯于“坐”这回事了。在病的石臼里，在时间的石杵长时间的打击之下，我已经变成了虾儿样了。我只能虾一样地靠，虾一样地躺，虾一样地睡，或者半靠半躺半睡半坐像虾儿一样。至于正正经经的“坐”……唉!

我终于靠别人帮忙歪歪斜斜地来到这平整坚硬的无可依靠的木凳上，艰难地竖起上半身，腿可是放不下的，弓着。我摇摇欲坠，便赶忙以两手撑在两旁挽危救亡似的支撑着。这就是“坐”了，我望望他。

巅巍巍的，弱不禁风的，其实我只是一架连皮带肉的七弯八扭的骨骼堆在硬硬的平板上而已。除了手臂上的肌肉，没有一条肌肉能执行它应尽的义务。我觉得发慌，发软，发汗，手心尤其多汗，脊椎骨发酸，一节节都难受，负了重荷似的，随时都有可能瘫下来。我极想立刻恢复我的虾儿样。

我尽力维持已做好的“坐”，看他怎么医法，我望望他。

一只粗大的手从后面叉住我的脖子，他动手了。

手不停地一把一把有节奏地一捏一捏起来。

却不是我的话被捏出。

“哪‘能’搅成这种样子！人都缩掉了，干掉了——干得像只烧鸭壳子！”

他顿一顿，等人笑。我没有笑。

他自己打哈哈：“像只烧鸭壳子哦……你看你弄得这样子。越困（睡）是越干，越干是……是……像个什么东西一样。不动动还行？要是再困下去，要是不看（医生），唔，一个人不就此完蛋？你看你，你看你一点儿肉都没有啦！”

大手狠狠地加重几下，怪我病得太不得法了似的。

瘦也是瘦得不成话，不可交代就是了。不过……“咳咳！”……“这老头儿……”

“不要怪我这个老头儿说话喜欢直直爽爽，哈哈。”

他的笑有点奇怪，好像认识了“哈”字以后才会笑，于是把笑当作

“哈”字的发音了似的。——或许因为老的关系！他的笑同他一同老了，变得迟重。

奇怪，我倒忘了，这是个什么医法呢？

大手，一下，一下，捏面粉条儿似的，企图将我的脖子捏造成一个什么新样子么？不然的话，是打算将我腿上的病从脖子里捏将出来么？

怕不是无益，浪费，空劳心力又来照顾我了。

手捏得快起来，好像是乐曲快要结束了。我真是“坐”得难熬难耐到难以为继了。没有肌肉辅弼的皮包坐骨硬碰硬地挺在凳子上，难耐到彻骨。益以我挺到这上面来的任务是受捏头颈，这样无聊的事！我愿只此一遭，下不为例。只想立即回到我那可厌，现在却是可爱的病床上去睡，去躺，去成茧，去变虾。

大手停了（大约四五分钟），最后几下是他叫我举平一臂，从颈延肩捏到指尖，再换一臂，停。

他再拎起搁在门边的他带来的一个褐色的、有中号皮箱那么大的大皮包。我不免战战兢兢！那里面藏的是什么刑具呢？

那是一只铁骨架的小皮床，宽约及尺，长有半个人身，高低可以有限度地随意调节。它可折叠，可张开。他将它张好，成直角形地抵在我的病床边。他卷起袖管，叫我趴到这个小皮床上去。

再次靠别人帮忙，我做到了“趴”。

皮床直占我一半，病床横占我一半。我是一座桥：身体的中段由胸至膝是拱形桥身，因为我还是虾儿样。股关节还是屈不能平，膝关节也还是屈不能平。小腿上跷，自成曲折，不让大腿专恶于前。我还是个七弯八扭三曲四折的不成人形的人！

这座泥砖剥落，几乎只剩空架子的可怜的拱桥是难以建立起来的，摇摇晃晃，只得用两个大枕头在两旁加固，再用其他的材料填塞在腹下，另外用一个枕头安在膝下足上之间，这样才算免于倒塌。

他先严重警告我不要怕痛，要熬得住。

在他光顾我之前的一段时间里，我正在不求甚解地看了不少天文小品，为书中所说宇宙如何恢宏浩瀚而震撼不已，因而想到人是多么、多么……十万个多么渺小和无常而不寒而栗。此刻，我便想：在不可想像的广大的空间里，以及无法思索的悠悠的时间里，这是一个……无可比拟的短暂的瞬间。即使是粉身碎骨也都是微小至极的事件，只等于崇山峻岭上一粒细沙滚动了一下。不，比这还微小！那么，只不过痛，算得了什么！

他动手了，大手在我背上探索，我已经从宇宙中借来了精神的力量，不论有什么加诸我，大概可以熬上一熬了。我捏紧双拳，觉得有点汗涔涔，有点寒飕飕，有点晕乎乎。

大手停在脊椎骨的一段上，然后颇有技巧地朝下用力一摁……格啦！我的背脊应声往下一沉。

“搅成这样子，都是一根根骨头嘛！还是七弯八翘的。告诉你，照我看呢，这骨头要排正。这背脊骨，七歪八歪的。这盆骨，歪到隔壁去了。这叫‘盆骨旋转’，右高左低，朝右朝后朝上旋转。困的姿势不对，困久了就成习惯，习惯成自然，你就自然而然弄成这副样子。腿呢？等上头背脊骨弄好以后，再一点一点的拉，直不直呢？现在不好说个“包”字。创口，我不去管侬，你有啥个药就‘拓’啥个药，我是整骨的。不过，骨头整好之以后，创口自然而然会得收功的。因为啊，骨头正常以后，身体各部这个，这个，里头这个组织啊就调和了——现在是全被‘轧’住了。调和，血脉贯通，再加营养好，那么人就壮起来了，身体就好了。身体好，当然——创口会得收功了。那么说起来便当，做起来要论年数的啊！侬晓得：根深了！你要巴望一天两天能够好，那么还是不要看好，哈哈。……

那么这样：先试上一个月看看，有效果呢，看下去；没呢，就拉倒。当然，侬苦头是预备吃的咯，哈哈……”

苦头并没有达到我所预备吃的限度。在以后一个月的尝试期内，除了“吃”“备”相抵以外，我还满有些余裕。在以后好几年的长期的非尝试期内，那简直不能算“苦头”。

听过推拿按摩整骨医生谢剑新的话以后，我猛然觉得自己大可以恢复我从前的“战略”。不理会创口，先使自己能够起床，能够站起来，能够行走！

是的，与其奄奄一息，束手待毙，为什么不奋起挣扎一下？就算是挣扎没有好结果，与其一点点、一点点沉溺，还不如自己一下子炸开来来得好吧？

当然，谢医生关于病理的一番话，我认为多属浮说臆想，并没有扎实的科学医理根据。不过，他的话给我一种微妙的触发，好像是一粒火星，一下子就使我发动起来，振奋起来。

当然，我相信他的医治方法是可能对我畸形的骨骼产生一点矫正之功，至少会胜过以前的王医生。

我振奋起来，完全将自己热烈地献身于自己的病痛了。

夜以继日，我不问收获地照谢医生所做去做，我替自己从颈，从背，直至脚掌反复揉捏又揉捏。只是不能照他那样摁自己的脊椎骨和盆骨。我执著、坚忍、奋勇、顽强又机械地这样反复，再反复。

夜以继日，往往到深更半夜，倦到甚至眼皮都无力合拢。我就为这件事贡献出除了换药、吃饭、睡觉和被诊治的以外的所有时间和精力。

我机械地反复揉捏又揉捏，痴迷地，冥顽不化地，真像是一个会揉捏自己的机械。我不去想可能会有什么结果，也不去想这是在和病魔作着抗争。要是说，这个机械的心里是否对“它”的动作的结果怀有任何希望呢？如果有，那一定是沉在心底，自己也不敢知道，不肯追究，也怕承认的。

病情真是向好转的方向进展得很快了！这应归功于谢医生和我自己。可说日有起色了！腿色由焦褐色变成土黑色。这是由于晒太阳，由于干枯之故。又转变成有些滋润洁净的样子，大概是腿上久已淤塞的血管因为揉捏而有血液流通了。那两根瘦无可瘦的仅可一握的如枯枝的弯曲不能伸直的腿干，已经暗红伏动了。向前伸，也稍微好些了。在接受摁压的和趴卧“手术”的时候，膝下的枕头可以抽掉了。而“桥”的拱形也已经减低一些。坐呢，也稍有了坐相，虽然还必得用手支撑。

要说进展——这可怜的进展——并不包括创口。创口们的脓液反而增多。一次，在甚猛的摁压之下的后几天，一个创口中竟然掉出一小块碎骨来。

我不管，我仍然揉捏，揉捏，揉捏……

每天下午谢医生来过之后，便特别需要揉捏自己的腰部，因为那里特别酸痛，特别绷紧，好像要断了。这是因为每一次“坐”过和“趴”过以后，还得像烤大饼，或者烤烧鸭似的，翻过身来仰卧半晌。仰卧，而且必须伸展两腿至最可能的限度（为了治直两腿），这就必须和蜷缩至极的筋腱、肌肉，以及非常别扭的骨骼作最大、最紧张的对抗。这样，我整个身体便如张得紧紧的阔背器，从头颈以至脚底的体内有无数根钢索在紧绷，在拉扯，却要求松懈，要求退缩。或者，我是琴弦，被上到琴上，旋得紧之又紧。全身难受，尤其两腿的四个关节无比难熬，更尤其是我的腰部！

仰卧的时候，不但必须伸展，还必须将两腿分开至最可能的限度。这也是因为偏睡得太久，姿势不正，右腿形成向里倾侧，右腿骨向里弯曲，向左腿靠拢，难以向外叉开。于是仰卧的时候，便以一只木头架子外包漆皮的枕头横支在两腿之间，强使之撑开，我好像鞋子被上足了木鞋楦一样。

我替自己规定一段时间捱受这仰卧的刑罚。如被上鞋楦，如被作琴弦——每天，谢医生替我像那样摆布好的时候，就是他洗手、拿诊费以及拎起大皮包离去的时候；就是我开始强使自己受难的时候。我替自己规定先是五分钟，加到十分钟至十多分钟。在那段时间里，我忍受着种种不可言喻的痛苦，我一秒一秒地忍受折磨。我心跳加速，汗水直淌，全身只有头和双手可以动弹。我双手舞动，不停地挣扎。我总是眼望时钟，巴望皇天大赦似的巴望我自己规定的时限届满。我偷偷地说：有时，我也赖掉几秒钟到一分多钟，提早释放我自己。

我什么时候想到过我会一病至此呢！我自己的身体同我有那样严重的违忤，那样奇特的龃龉，我竟然必须同我自己的身体作那样艰巨而奇特的抗争！天下恐怕少有人必须作像我这样滑稽的锻炼吧？很少有人必须忍受这些可笑的煎熬吧？

滑稽，可笑，可是我还为我的微小的可笑的进步沾沾自喜呢。譬如：腿可以叉开得大一点了；左腿差不多快直了；脊椎骨可算被矫枉过正了——可笑的进步！我应该悲戚这等可笑的却又是可喜的进步啊。

谢医生开始诊治后的一个多星期，忽然一个意念怂恿我。

我贸然一下子把脚放到地上来，假如……假如……假如就此能够行

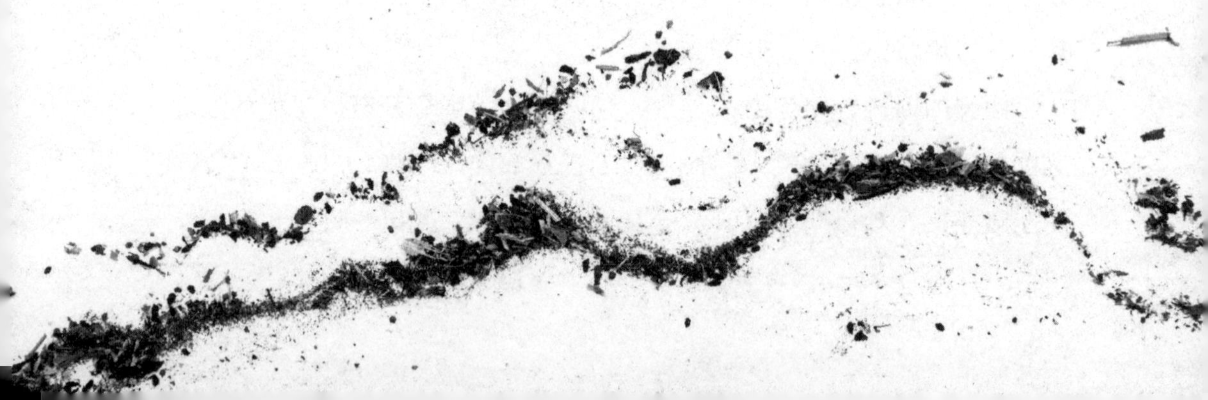

走！啊！天呐！……但是，在我刚刚要立起来，在一阵腿部剧烈颤抖，一阵凶猛的心跳之下，双腿的四处关节像是四个非常灵活、而又浇注了润滑油的机轴一样，我立刻挫跌，坐了下去，又重新睡倒下去。

一次，父母亲亦曾试着提掖我站起来行走，也是这样战栗、颤抖，这样心慌，这样腿软，这样废然伤心地被扶回病床。

但是，我一次又一次地实践，探索，几回都几乎颠踬坠地。后来我发现一种方法可用来移动我自己的身体。就是以手代足——将身体的重量托付给双手，将力量聚集到手上，手向前探索，抓牢一个“立手点”，再将身体拖，向前拖。我一寸寸地挪移，一寸寸地摸索。我牢牢地抓抉住前面的皮箱，再去紧紧地抓住前面的门框，像苦苦攀住一个救生圈一样。

那么，我是身在囚笼的出口了！止不住的悲凉的欢喜沛然从心底喷涌而上，几乎要凝结成泪珠了……是多久多久？我没有，我不能，搬动我自己一下了？是多久多久？我的脚没有，不能，踏到地上站立过了！虽然现在的站立是弯曲的，是畸形怪状的，是丝毫无力的！

我能以我自己的力量离开病床了！那可厌又可恶的病床。

我回顾那坑人的可厌又可恶的病床，就像动物在一场生死的搏斗中战胜了仇敌，呆呆看着仇敌的遗尸，心里感到幸运，胜利，恐怖，骄傲，仇恨……以及其他没有字词可以表达的情绪。

我能挣脱镣铐了，我会离病更远的。虽然我还是残破，还是凋败，还是畸零……我能更进一步的。

我会更进一步的！

十五. 祖父逝世

祖父死了。

我独自在防空灯罩框限下的昏暗的灯光中用膳的时候得到这个噩耗。

仿佛触到电流，电流麻痹神经，我握箸的手不知不觉失去了即使挟起一粒豌豆的力气。我鼻头发酸，眼泪模糊了眼睛。

那是民国三十三年的七月二十五日——农历甲申年，七月初七日。

在这之前的一个多星期，我还带病去看了一趟病中的祖父。却不知道那就是最后一面！

祖父！那天我是怀着多少兴奋，就同从医院里“凯旋”的时候一样。虽然和那时相比，这次是带着百种凄楚、千种创伤的底子的兴奋。从民国三十一年年尾，我第四次照 X 光的时候起，我已经整整一年半有余连续地困守病榻了。从民国三十年十月开始睡倒起，我已卧床差不多三整年了。在这样漫长的岁月中，我暂离我的病床的小世界，这仅仅是第三次！我是那么清楚地记得。对于我，那天是多么重大的欢欣的日子啊！尤其是那天我的病情已经有点进步：已经能开始“摇摇学步”——以手攀物使身体向前挪动。

我坐在第一次乘坐的三轮车里，简直像在云天里翱翔，眼前的景物在我眼前跳动不定。我又像坐在碾在石子路上的独轮车上，一震一震。像是初生的小动物，我对任何一幅映在视线里的画面都有莫大的兴趣和喜爱。像落魄者经过故居吧——我经过了亚尔培路，我从前住过、在那儿开过刀的医院，那是藏有我隆重的、惊心的记忆的地方，一瞥而过，撩起我无数复杂的感想。

我并没有忘了是去看你的，祖父。只是那种杂乱的欢欣、飞扬和兴奋，以及说不清的许多感觉和情绪压缩了本来因你的病而生的沉重的心情。

可是，祖父，在车夫将我抱到你的病床前，我一眼看到你的时候，我即刻，不知为什么，眼圈湿了，喉咙哽咽住了。

那暗淡的病室，空气凝滞，惨雾愁云。你仰睡在微弱的光线里，你本来丰腴慈祥的容颜怎么陡然变成那样清癯瘦削了？

你戴着不知是蓝色还是黑灰色的眼镜，怕亮。一根橡皮管从你盖被里拖出来，连到地上的玻璃瓶里，从这，我看见了你遭受的开刀的痛苦。

我看见你的带着泪的快慰的软弱的惨然的笑。

我看见你的面颊上流下晶莹的、闪着极大的慈爱、怜惜和同情的泪。

在这笑和泪之中你激动地但还是软弱地指着我，对床旁的护士伸着四个手指：“病……这孩子……四、四、四个年头了吧！……”

我看见你软弱地转过头去，用手背沾沾眼角。……

祖父，病人最知道、最了解病人。看见暗淡的光线里你的四根手指，我想到我自己。我看见你的四根手指是那么苍白、细瘦、颤抖和软弱，我即刻想到你也受到了病痛的折磨。……我想哭……我怕哭，我反而牵强地笑了。……

在你安适地合上眼睛养神的时候，我被抱走了，我依依不舍地离开了你。

我没有料到那就是最后一面！

仅仅是六月初，你常发的腹部的疼痛又猛然发作。猛烈到立时进了医院，当天就动了手术。我那时知道以后，心中是多么惶恐。我深深知道什么是病，深深不愿还有谁再要去作生命的挣扎。我惶恐，焦躁，不安，不知如何是好。我一遍又一遍反复默默念诵佛号，焦躁地、哀恳地、忧烦地、忿怒地念诵，怀着赤忱的虔诚。我没有真正信佛，然而我自认为我的祝祷是真诚的，虔诚的。我祝祷说：假如我的病终结是不能好，让祖父的病加给我吧，让我承担。我甚至想：让全世界所有的疾病都加给我吧，世界上不许再有疾病存在！

仅仅还不到两个月，祖父啊，你就……

是癌！摄护腺（前列腺）癌，夺去了你的生命！

夺去了我的祖父！——尿道阻塞，一根橡皮管从开刀后的膀胱里牵连出来。可是手术并没有延长你的生命，仅仅不到两个月，你就……你就……

弟弟带回这噩耗，这无声的晴天霹雳，震得我发怔，震得我眼前昏暗的灯光越发昏暗。

我急切仓皇地要在这无望的消息里找出曾经为祖父暗暗担心着的事——死——的一线生机，我十分希望这是一个错误的信息。

我不愿相信，可是……可是……

我撑着我的丁字形拐杖，跌跌冲冲地撑进我的小病室，狼狈地倾倒在床上。

不开灯，而且将头深埋进棉被里，我要把自己浸没到黑暗里。

我要黑暗，再黑暗。

我要平静。

不过半个钟点之前，我还有我的祖父。现在呢，祖父，你到哪里去了？

你离开我们，离开我，那么远，那么远，那么远了！……

——不就在眼前吗？你慈祥的容颜，真率的微笑，口角边的雪茄，雪茄烧出的烟雾，散发出的烟味，以及透过平光眼镜的你那和蔼、敦厚、明洁的眼光，以及你微侧着头带着微笑安详步行的影像。

你的步履声响在我的童年的每一个美好的场景中。那和平、寂寞、高朗、宽广的我的童年。那带晕的夜月，月下的小树林中直的、斜的、横的树枝的黑影，那高达天际的树顶上的差参散布的鸦巢，以及那带晕的遍布庭院的或疏落或繁密的树影、叶影、草影。在那些影子中，你搀着我们的小手，漫步在细沙铺成的小路上，慢慢移动着我们的身影。……纵使有那么一天，我能够再回到那样的场景中去，可是，祖父，不再有你的步履的声响，那是怎么也不完整的呀，怎么也不能想像的呀！

可是，你的足音呢？

远去了……远去了……

你教给我们“仁”，教给我们“诚”，我是逐渐懂得那是可贵的做人的准则。你自己是那样做的，而且你心中还怀着佛教的慈悲，所以你以仁慈的心对待别人，对待我们。

你有深厚的即使对小生物的博爱心，你有更深厚的对任何苦难的同情心，我们记得许多你发自于本心的善行。在你的周围，我们总感到爱的温暖。

然而，寂灭了！寂灭了！你只在人间停留那样短暂的六十二年！由于宗教，由于对生灵的爱，你茹素二十多年——直到最后一天。

我记得种种你对于我的关怀；我记得许多你给我的劝慰；我记得差不多每星期你带着关切、带着慰藉来看我。那天你还斜欹在我病室中另一张床上陪着我。

抽屉里有好多你替我开的膏剂和滋补的药方，我还珍藏着那仅有的一封你给我的信。

我怎么肯相信那一次就是我看见你的最后一面啊！

我又看见你清癯瘦削的脸了……那根橡皮管……那张阴沉的床……暗淡的光线里你那苍白、细瘦、颤抖、软弱的手指……

而你又转过头去……一定流泪了……你的容颜，你的微笑，你的步履，你的雪茄烟味……不就在我的眼前吗？可是……

我埋首在棉被里，面颊底下那一摊湿了，不知是汗还是泪。

棉被里是令人窒息的黑，黑如坟墓。我愿那就是坟墓，能让我发掘出死亡的秘密！

我第一次在众多的人的面前使用我的丁字形拐杖是那年八月底。那天是祖父去世后的“五七”吧，公祭日。我们小时候随祖父住在青岛一家纱厂的住宅里。祖父去世时是上海信和纱厂的负责人。大概由厂方和同业公祭的。在防空警报声里，我怀着和去看祖父的病那天一样的心情，去了设祭奠的一所寺院，可能是玉佛寺。我骄傲可以不依赖别人的抱持了，有了更多的自由的范围了，更接近了人世了！

我坐的三轮车座旁是两根撑杖。心中感到兴奋，昂扬，但又怀着无限的伤感，怅惘。

寺庙里声音噪杂、怪诞。忽然僧侣们漫声唪诵佛经；忽然童子军的洋鼓洋号“无理可喻”地奏起军队的进行曲；又忽然唢呐怪声叫嚣；又忽然大鼓敲响，声震屋瓦。这种样式的哀礼的好处是能使人忘掉悲哀——要应付那些纷然杂陈的动乱，来不及悲哀了。

我们一家人都跪在祖父灵柩前，我也俯首跪在蒲团上，双腿没有跪的力量，还是全靠双手支撑着，沁出虚汗和热

汗倾听那长而又长的祭文的宣读。麻衣麻帽包住我一身，我好像沉浸在热而又热的雪堆里——好像是发热的北极，杳无人烟，绵绵不断的声音从天顶上传下来，传到我的耳朵里，像梦里的声音似的。

在白茫茫一片中，在许多黑墨写的挽联文字里，我看见祖父自撰的四字横批：再来渡世。灵堂四周挂满了挽联。我抬头看看，万花丛中放着祖父的遗像。

浮躁喧嚣的人世里，我已没有了我的祖父！……

在病的愁城之中，在两根撑杖之上，在时常出现的恍惚的死亡阴影之下，祖父的逝去使我受到多么大的震撼！是无声的晴天霹雳啊！

死亡，究竟是怎么一回事呢？

十六. 艰难的行

在谢医生开始诊治后的半个多月，我开始练习使用撑杖（丁字形拐杖）。

我一寸寸挪移，一寸寸摸索，扶着墙边堆起的皮箱，然后门框，像攀住救生圈一样。然后猛扑更前面堆在小过道里的离我一两尺远的米袋，双手扑过去，再慢慢牵引我的身躯，拖过去两条腿——这两条腿是形同虚设的东西，它们一点也不能帮我什么忙。除了作我身上的累赘之外，它们只能作我接触地面的两个很脆弱的支点。它们必须等我抽出一只手来，一个，一个，扶助他们前移，一点一点地往前挪。

一点点，一寸寸，这怪模怪样的艰难的“行走”！想想，我自己惭愧，萎缩，忿恨，烦怨——结成闷闷不乐的沉默。

我沉默地“行走”。

猿猴的模样，猿猴一样地攀援而行，也有一点像猿猴在最初发现能够直立移步的时候一样的惊喜。

但又悲凉。

当我将我自己拖曳到另一个房间的窗前，并设法撑着坐到窗下我一直用作晒太阳的大桌子上的时候，喘息之余，我便奋然慷慨地引吭高歌起来。不知是悲是喜，是怨是恨，还是别有一番滋味在心头。

一次又一次，往返复往返，我勤勤苦苦地练习这种“行走”，除了替我自己勤苦揉捏以外，我替自己增加了这种操练的项目。我闷着头苦练，一次又一次，往返复往返，渐渐地熟练了，渐渐能轻灵自如一点了。

两腿渐渐也有了点肉色，有了点活气，皮肉也不似从前那样硬如晒瘪的鱼干了。——有了“髀肉复生”之感。也有了点力气，能生出一点支撑躯干的力气了。

除了这种揉捏，除了“行走”，谢医生还替我加了一项蹬踩“滚筒”的操练。

在用了撑杖以后我就废除了那种原始的猿猴一样的“行走”。那天，觑着没人，我心跳着，像偷窃似的，悄悄地掏过来搁在门背后的那对“活动撑杖”。那是从整形器械店定做来的，谢医生认准做的。大概用上好的木料制成，份量很轻，但是很结实，高低可以调节。调节到从我腋下到地上那么长。样子是一个斜面的、长长的倒三角形的架子，架子上端的横木上用牛皮包得鼓鼓的，便于放在腋下，还有一根便于手握的横木。底下是一根短的直木头，直木头用镀镍的螺丝绞钉连到那倒三角形的木架上，可以拆下来调高或低，故曰“活动”。这一对“美观、大方、摩登”的撑杖在以后好几年中都跟着我，或者说我跟了它们好几年。

我悄悄“偷”来，慢慢扶着它们站起来，轻轻将它们分纳在两腋下，人挂在上面，手紧握中间的横档，心加速地跳动。惶惶然，欣欣然，我从猿猴进化一步了，可怜的我啊！

但是我挂不稳，因为两个股关节和两个膝关节还是弯曲的——虽然角度已经大了一些——弯得较狠的右腿只能以脚指尖点着地，而支持我站立的，除了尚未熟用的撑杖之外，只是软弱无力的弯曲的左腿。摇摇晃晃，像升了空，脚踩在云堆里了。不，好像没有了脚。

头晕，眼花，心跳，这是好久没有站立的缘故，可怜。好久好久，我只是卧、躺、靠，能撑着坐和能像猿猴一样佝偻着移动还是前不久才开始的事！

我将全身重量的大部分分摊给我那身外的两根腿，并且将它们斜撑到我的前面，并且一丝一丝地向前移动，我的身子则跟从它们一丝一丝地向前，向前，向前……

如履薄冰，时时都担心有摔跌的可能。腋下在初用撑杖时愈来愈痛，而且腿酸，手累。

就这样我练习使用我的撑杖。可怜的我啊！

那就是我么！当我撑到穿衣镜前，镜中是那样丑陋、可怕的一个怪物，形销骨立，畸拗扭曲，浑体只有横的或直的或歪的或斜的笨拙无序的线条，像是木条搭成又用泥糊起来的，或者，就像一个最劣等的泥塑像。可笑这泥塑像连站都站不稳，还得用两根棍子左右支撑着！

我心中有多少说不出的恨，说不出的悲，说不出的酸楚！我自惭形秽。

“滚筒”是两个麦片罐头的空筒，谢医生叫我蹬踩。在使用撑杖之前我就蹬踩了，此后更加紧用功地蹬，放在两个脚掌下呼啦呼啦地蹬。我用手支撑着坐到床沿，放下两只脚，起先就只能放下两只脚搁到又硬又凉的铁筒上，蹬转无力，没奈筒何，必得抽出一只支撑我坐姿的手去扳着脚送前送后，以使得铁筒滚前滚后。从早到晚……常常到夜深。这种操练使得筋腱伸长，肌肉复活，血脉运行，以及膝关节灵便。

连续好几个月，我如醉如狂地默默做着这些滑稽的苦工。揉哪，撑哪，蹬哪。我不问这样做的意义，做的收获，只是机械地这样做。

辛苦的战斗，辛苦的挣扎。

民国三十三年八月十一日，谢医生开始诊治后的一个半月的样子，按照他的指示，母亲带我到沈成武 X 光诊疗所，为的是用 X 光照片来透彻了解骨骼的情况：在肌肉及整形方面已有进步之后，骨骼有无进步。车夫抱着我上楼，仰卧在金属板上。我还不能像模像样地运用撑杖。我的脚上穿着因祖父的丧事蒙上白布的鞋子。

X 光照片的报告是：“右股关节髋臼部接连坐骨均曾毁坏，现则大部分已有齐整之骨纹得见。右股骨颈部似曾有骨折，……左股关节无异状。”

在那诊疗所的候诊室中我遇到一个病青年，我坐在他脚边，他仰面躺在藤椅上，蓬头，穿着浴衣，神情是颓废和疲惫已极的样子。好像浸透了灰色，又迷蒙在灰色里，他沉沉地躺着，好像他从来就那样在那里一样。他连眉毛都懒得动一动，眼色幽黯而空茫，好像蒙上了一层灰雾。按照我这个生病的内行看来，他的病一定已经困扰他相当长的时期了。是肺病吗？——噢，我之视他是不是正如他之视我呢？——真的，我们似乎同时察觉到我们是同样的可怜人，同在忍受一种迫害。在我被抱下楼，回家去的时候，我又遇到他和他的藤椅在甬道中。我一瞥而过，而在那一瞬间，我们交换了深切的慰问和同情及惜别的目光。我们未曾交谈一句，然而我们似乎相互了解，相互同情，也相互知道我们还要各自沉沦一方去继续各人的病。

病的人和病过的人是最关心病人的，有相“同”境遇的人最易动“情”。这一年是民国三十三年。记得在三十一年的时候，一位素不相识的刘先生由很转弯抹角的关系——一位原在祖父家工作而转到他们家的女佣的无意的传言——很热心、关心地几次来探望我，并为我奔走引介替他治好生了好几年的腋下淋巴腺结核溃烂病的医生。

病人也最多愁善感，容易激动，多疑多恼。我很多次为耳闻或者从书上读到任何遭遇不幸（不仅是生病）和痛苦的人或动物念念终日。我也很多次为很小的事终日耿耿。我曾因窗外一个疯丐的悲呼哀号而睡不着觉。我也曾因一时兴起折断一只苍蝇的翅膀而又深自忏悔，将苍蝇从痰盂中救起。

噢，我继续沉沦一方，继续生病——我继续揉哪，撑哪，蹬哪。谢医生继续天天下午来“整顿”我，星期日也不例外。

整顿我“七弯八翘”的骨骼，像头一回那样：连揉带捏，以及摁压背脊骨。不过间或加添了些排整盆骨和拗脚掌等新花样。

我还继续天天的换药。

创口，唉！毫无起色的创口。两次，创口里掉出半颗牙齿那样大小的碎骨，带脓带血的。病骨支离，唉！

谢医生口传一个治创口的怪方子给我们，主要的药料是前所未闻的什么“克蛇乌龟”。其他配料是什么，以及怎么制法和用法他说不得而知。最使得这不完全的丹方没有实验可能的是：那主角何处有？据说那是一种能制服蛇的乌龟，恐怕只能可遇而不可求吧。

他还说，他的病人中有人试过一种偏方：把活的黄毛的猫的头斩下来炙成灰，放在创口上，不过没有效果。

病人在无可奈何之中都会怀着侥幸去尝试任何一种神符鬼咒，怪方妖法。因为病的迫害叫人急不择路，死的威胁叫人盲目挣扎。

我用了以马的蹄子的“指甲”和一种叫做“龙骨”的药调治成的一种怪药。以前也有医生提到过“龙骨”治病。那种怪药是曾经看过我的西医严毓清提供我们做的，说有一个名中医自己曾试过。严医师还送给我们一包“龙骨”，那是一把土灰土黄色的硬碎块。我们设法从跑马厅赛马场弄来一包修剪下来的马的蹄指甲，将它放到黑色的旧屋瓦上，就着火焙炙，把指甲焙成灰；再将“龙骨”放到石钵中，用石杵捣和碾到尽可能的细微；便将甲和骨掺和调拌起来，再掺些许麝香药末，即成。这含有龙马精神的怪药对于我的创口的疗效如何我却体察不出。或许有一点功效吧，或许只是心理上的吧，总之，创口未尝因之收拢。不过，总不会差于我所用过的别的药物的，而且，既然能够自制，就自给自足不虞匮乏了。施用这种怪药粉的同时，还采用了别人介绍的外敷药 “哈利巴鱼肝油药膏”，此药一般药房均有出售。如此，我更可以不必去需求陶慕章或顾筱岩或张什么芳的药粉药膏之类了。这种怪药粉对我的益处，我最能体察出的好处是在这方面。这已经是上好功德！

一天晚上，我偶然从收音机中听到一篇特别新闻，说是外国发明了一种叫做“配尼西林”的新药，功能广大，疗效显著。对结核症疗效如何则尚未确定，不过可能有希望云云。后来知道此药对于结核病没有作用，不过在它以后发明的新药在向我闪耀希望之光了。

每晚，总是捱到最后，在一切我替自己规定的操练项目暂告一结束以后，好像实在无法拖欠似地，我懒懒地在床上俯身从床底下拖出药箱，搬出这些“自治”工具：药水、药粉、药膏、药盆以及刀、剪、瓶、管，手法圆熟地布满一床，像西崽布置餐桌一样，开始我已经做过几百次的，厌恨得我已经懒得去厌恨的事。

总是开亮二支光的小台灯——因为当时敌伪统治者命令上海“孤岛”“永久防空”——放在床上，我在极其微弱的灯光旁，带着生理上和心理上的双重沉重的困倦，半睡半惺忪地做着“自治”工作。困倦是困倦得有点醉醺醺，有点昏慵慵，面对着那一大片无边的黑暗和一小团微弱的灯光以及浓厚的夜晚的寂静，在沉醉和昏沉之中，我又觉得有点异样的安适，异样的寒凉，异样的甜醇，异样的喜爱——喜爱那种怪异的情趣和那种孤僻的、入邪的、凄美的氛围。那时侯的我好像一块不会融化的冰，半沉半浮在一泓墨绿色的酒的湖泊之中吧。

民国三十四年的年初，只记得是旧历新年的正月初几，我坐在三轮车上迎着凛冽的寒风，用车毯遮紧身边的那对撑杖，带着兴奋的心跳。我能够上街了，开始回拜了！谢医生登门来“整顿”我已经连续六个多月。这六个多月之中，总算能够从转侧病榻，好像是涸泽之鲋，变成猿猴，到再变成直立的人（虽然勉强），总算能够从蜷缩一隅到可以攀援而行，再到可以绕室策杖。现在，更可以到谢医生那儿去看门诊了——可以在广大的世界上来来往往了！

同人群的距离越来越近了！真的，我本来好像存在于世界之外，每一进展就好像向世界行进了一步，好像从孤单的海洋向陆地靠近了一步。真的，病不但给人以感觉器官上的痛苦，而且给人以孤独无助的心理上的感受——好像在人和世界之间散漫了一层迷雾，而且越久会越浓。

谢医生的诊所离我家不远，福煦路八百多号，就在我从前就读的有英小学校的对面。学校已经停办，那紧闭的黑铁门关住了多少我童年的美丽的回忆！可悲的是，就在这珍贵的大堆回忆面前，我卑微残败地出现。

我感到窘迫局促，无地可躲。这不是因为那种回忆，而是因为在行人络绎不绝的大街上，我自觉撑着撑杖而又形状扭曲，是那样异乎寻常和奇形怪状。我觉得全世界的眼睛——睽睽万目都在看着我出丑。

我慌慌张张，潜逃似地，但又不得不缓慢地把稳撑杖，一拐一拐地划进屋内。

我在家中练习过的上楼的解数现在要应用了：先搁上右脚，再腋下用劲，使得左脚踏上一级；再左脚用劲，引上其余身外的两只“脚”。立稳无虞以后，再搁上右脚，腋下用劲，帮助左脚“晋升”，这样地“步步为营”“步步高升”，又一步一徘徊。可怜，然而却是我一番苦功，一番锻炼才挣得的。

下楼是先放撑杖探下一级，身体随之前伛，暂时抽出一只手去抓紧扶手，再慢慢放下左脚，再右脚。需要小心谨慎，否则太容易失掉平衡，如果在这坚硬的水泥楼梯上摔下来，一定毁身碎骨，“一失足成千古恨”。因而在那种情况时候的我，是多么爱好“健步如飞”之类的美丽的字眼啊。

那是公寓式的住屋。要经过约摸二十级及一个拐弯的楼梯，和大概五间住室那样长的走廊，才是谢医生的诊所。

朝南一大间，屏风似的上半截装了毛玻璃的木板，南北向地隔成两部分：候诊室和诊疗室。

候诊室部分有挂号台当门而设，同挂号台平行而紧靠的是一扇门，直通内部诊疗室。越过这扇门是一个凹形的地方，其底部放置一个上了年纪的长沙发，两旁各放置四把有扶手的棕毛坐垫的木椅。椅座全都被候诊者坐成铁锅形状的了，也像铁锅那样黑不溜秋的。那儿总共可容十多人促膝等候。如果说这儿像个公共汽车的车厢倒很恰当。

我坐在车厢中的如铁锅的椅子上，坐着时必须把大部分体重托付给两个手肘，而手肘搁在两旁扶手上——因为我细瘦的双腿没有肌肉，哪有力气。坐的时间稍久我就吃力，出汗，心怦怦跳。

一双撑杖搁靠在木椅旁，我生怕别人多看一眼，好像那是偷来的。然而别人常常是不但一看再看，而且将它们同我参照着看了又看。而且常常有好心并且好奇的车厢中的同候者看够之后，继之以关心的或者是好奇的询问。我这个从未涉世、远离人群、不懂社交的病少年窘于表达，只能像吐口供一样嗫嚅木讷地将病史从头到尾背述一遍。经历多次类似情况以后，我渐渐领会了怎样以简短平淡的字句作这一类问题的交流，也渐渐学会了怎样和陌生人作一些社会性的会话。

经常来这里的是太太、姨太太、老态的中年人，以及上了年纪的老爷型的瘦人、矮人和其他不健康的人。她们和他们前来按摩以松散筋骨，或者好像只是因为有这样的习惯，仿佛到时候要吸一支烟一样。也有我的同病者，面黄肌瘦，弯腰驼背，巍巍颤颤，让人悲悯。生脊椎骨结核病的居多，也有生在腿上的。他们，她们，我，都同是从悲惨世界来的啊！而且仍然还都是属于悲惨世界的。

有一次，谢医生说：刚才当红女作家张爱玲来看病，她穿着对襟花袄，西装裤，引人注目。

我每天必到，风雨无阻，好像忠实地回报谢医生过去六个多月的移玉之劳似的。我经常以看书、看人，以及答复别人的询问来消磨这里恼人的等候，以求得享受往往不到十分钟的按摩。

这里长时间的等候，是由于不完备的挂号制度使然的。除了“挂号”，这里还有所谓“拔号”号，那就是如果不在乎加一倍挂号费的话，可以后来居上，插在一般病人的前面去看病。金钱的力量把后来者“拔”到前面去了。拙于财力的人，就只得屈于那些后来居上者。我的病已经耗费了父母许多精力和财力，我决不愿使他们添加不必要的花费，因而，我总是耐心地等着，眼巴巴地望着那些“不在乎”的后来者掏出超额的的钞票，“拔”出原该挨在后面的“号”，先看而快，拔脚而走。时常时常，已经挨到我看了，却来了不速之客穿插进来，第一个未完，或是刚完，又来了第二个，第三个，第四个……将我推迟到一两个钟头以至两三个钟头以后。有一天，我从上午九时不到一直等到下午一时过头。我必须以手腕撑着坐，真是说不出有多么难受，难熬。大概坐电椅也不过如此吧。我的头发晕，冒火，疲累至极……怨愤之余，我例外地忿然地加上一倍挂号费，也享受一下“拔号”的骄傲和“乐趣”。

当然，受尽金钱委屈的“低档”病号不止我一个；根本看不起病的人更是不计其数。

木隔的里面是诊疗部分。墙上，直的条幅，横的镜框，还有人体血脉、经络、骨骼的挂图挂满一排。屋子中央的地上放着两只推拿按摩用的特制的手术床。没有药橱，没有药品，没有听诊器，除了两把木椅、一只圆凳和一张普通卧床以外，没有其他东西。除了极少例外以外，任何人来看任何病——如便秘、“胃气”、血压高、筋骨酸痛、骨痨——都一样如我所身受过的那样被治疗：捏颈，捏臂，然后合仆到一只那特制的手术床上受按压脊椎骨，以及从肩胛揉捏到脚跟；然后手术床的弹簧像吊桥一样竖起来，人便转身，再随着被压下去的床仰面朝天睡倒，然后被从咽喉揉捏到脚尖。在手术床再一次由弹簧竖起来的时候，就是应该向谢医生说声再会而打道回府的时候了。

来这里的人大部分是经常光顾的。谢医生应付得颇为得法，同太太们谈太太们的先生，同先生们有分寸地谈时事、天气、市场、谣言，一面揉捏，一面闲聊。“宾至如归之感”或许是某些人经常来此的原因之一吧。

我虽然每天到，却毫无进展。其实在家中看“出诊”的六个多月里，也只有头两三个月中有显著进展。

我的盆骨还是歪扭，右腿的股关节和膝关节还是弯曲不直，只能脚尖点地。

每天，我拖着七弯八拐的残骸一步一步升上水泥梯级……一步一步摸着下来。阶梯上已经多少次印过我黯淡扭曲的影子了？在我还在楼梯上的时候，多少次我曾经听见铿然清脆的手术床弹起或落下的声音发自落寞清冷的走廊底端了？我真不知道还得来多少次，永无绝期吗？一想到就使我寒心、气馁。

创口，还是脓液不绝。

在这年三月底，我问谢医生，认识不认识一个也是整骨疡科名叫陆清帆的中医。

十七、又一阵逆浪

这是碰到怎样一阵逆浪啊，我竟然碰到这么一位医生。

陆清帆住在一所他号称“病院”的石库门房子里。那扇黑漆大门豁然开启的时候，在那块“陆清帆疡科整骨病院”的大招牌之下，在我母亲和我的面前，出现了他，形容瘦弱，背微佝，脸苍白，戴一副黑框眼镜，一手端着一把旧茶壶，不时往他那异样的嘴里送。他的嘴好像总是嘬着，在吸或吹什么东西似的，而且嘴唇似乎发黑。我不敢想象那是抽大烟的人的嘴。就他本体的成熟度来看，只有三十多岁的样子，可是从他那种腔调和那种形态，那种老气横秋的神情看来，他应该大一点，老一点——不，老许多才对。

我们在他的利用西厢房布置成的诊疗室中对他说：我们来，是由于看到报上刊登的一段鸣谢启事。那启事是一个姓桑的人登的，说他家小女病骨痨多年，经陆医生诊治后已大有进步，故特登报宣扬，用以鸣谢，俾同病者知所问津，云云。

陆医生“噢”了一声，闪了闪眼镜后面的眼睛，将茶壶送到他异样的嘴里，然后用浓厚的宁波口音说话。

他说我这病是因为“湿”侵入体内，或者身体亏了，或者啥辰光不当心掼了一交了，就一点一点发作起来，发作起来就交关讨厌。

“交关奇怪，”他说，“这种创口都有一种‘管’在里头，‘管’不出来口是无论如何不会收的。我医起来是打一种‘药条’到创口里头，那么‘管’就会得自家出来。这种‘管’，交关奇怪，看是看不见的，就是喊西医开刀，拿肉挖开，都寻不着。板定要用了我这种药刚刚会得有‘管’，看得见，而且拿得出。是啥道理？我自家都不晓得，嘿嘿，交关奇怪。我这种药条是祖传的，特别秘制的，用一根少一根。‘阿拉’是祖传七代做医生的。”

他郑重地打开那份渊远流长的祖宗遗产。那形状像线香灰的样子，一小段，一小段，枯草样的黄，但是十分硬。

在他面前，我自已也不晓得为什么变得矜持庄重，敬而远之。大概是他给我的印像，以及他的谈话的内容和用字使我产生一种不信任感，因而产生一种警戒的、自卫的态度。

我根据由丰富的生病经验得来的有关我这种病的知识，对他提了一些问题，作了一番查究以后，我很自信地认为他的那种医理，那种“管”的学说，以及他的那种疗法，是很难使人相信的。我暗中摇头，决定不要找他。

可是我没有坚持我的决定。父母亲去了一次刊登鸣谢启事的那家桑姓人家，探问究竟，觉得可信，便替我决定下来。

真的，对于请他来治病，我可说毫无信心。我所以没有坚持我的决心，大概是因为：一，我尚不懂得坚持；二，我还心存一点万一的侥幸之想。而且，比我所领受过的种种，西医已经提不出更好的办法；中医我也已领教得够多，而矫骨整形，如谢医生所施于我的，似乎也已经到了最高限度，不能再有进展了。

“打药条取管”的说法，倒是新鲜，倒是未曾尝试过。在徘徊在一切方向都不通的路当中的时候，这是一个低洼之地，我遇到了，就好像水流到此，势所必然要流进去，打一个转。

可是我又毫无信心，这真是无可奈何的事。我真想我能离开我自己，让我的躯壳去由他摆布，随他怎样糊弄，等到四个月或六个月之后我再还魂，看看我是否幸运地被他治好了，或者相反。——或者让谁来强烈地麻醉我好了，让我“春眠”及“夏眠”那么四个月到六个月。

那日期是陆清帆他订下来的——

杏黄色的，他填写给我们的所谓“保健证书”。

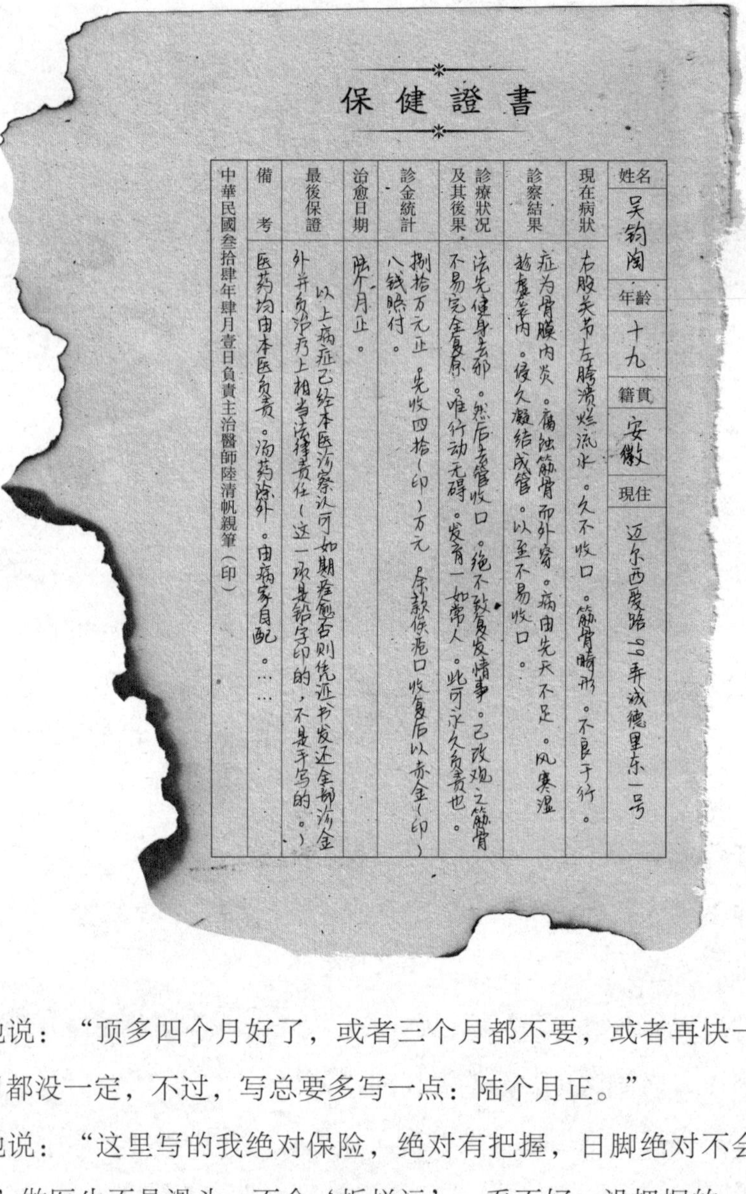

保健證書

姓名	吴钧陶
年齡	十九
籍貫	安徽
現住	迈尔西爱路99弄诚德里东一号
現在病狀	右股关节左膀溃烂流水。久不收口。筋骨畸形。不良于行。
診察結果	症为骨膜内炎。腐蚀筋骨而外穿。病由先天不足。风寒湿趁虚袭内。侵久凝结成管。以至不易收口。
診療狀況及其後果	法先健身去邪。然后去管收口。绝不致复发情事。已改观之筋骨不易完全复原。唯行动无碍。发育一如常人。此可永久负责也。
診金統計	捌拾万元正　先收四拾（印）万元　余款候疮口收复后以赤金（印）八钱照付。
治愈日期	陆个月正。
最後保證	以上病症已经本医诊察认可如期痊愈否则凭证书发还全部诊金外并负治疗上相当法律责任（这一项是铅字印的，不是手写的。）
備考	医药均由本医负责。汤药除外。由病家自配。……

中華民國叁拾肆年肆月壹日負責主治醫師陸清帆親筆（印）

他说：“顶多四个月好了，或者三个月都不要，或者再快一点，一两个月都没一定，不过，写总要多写一点：陆个月正。”

他说：“这里写的我绝对保险，绝对有把握，日脚绝对不会超过。‘阿拉’做医生不是滑头，不会‘拆烂污’，看不好，没把握的，‘阿拉’不看的。”

给我们那纸证书的当时，他要我们也给他一张字据，要我们保证在愈后不会赖掉谈好的那笔“赤金八钱”。

这种好像是商场中做什么交易的契约被运用到医生和病人之间来了，倒是新鲜，倒是闻所未闻。不知道这种做法可也是“祖传”的?

我这桩病的“工程”已由他“承包”了，最多六个月就可以“交割”了。我凭单据去拿我的健康，他凭单据去取他的赤金，倒是好玩。

立契约的四月一日以后，我的病，不仅我的病，应该说我的病和我本人就要被约束在他的治下了！我必须面对任何可能发生的医疗上的事了！契约期内，我是无可逃避的了！——不过，只要牺牲赤金就可以免除我这些惶恐。

条件、诺言、保证以外，医治的理论、方法、手段也均见载于他的“保健证书”之中。要点不过是打“条”取“管”。

开头，他要使我“发”。他说“越‘发’越好。要使得身体里厢的‘湿’，那种隐藏得满深满深的‘湿’，统统都要‘发’出来。”意思是：“好像洗衣服，先要把齷齪浸出来。”“发”的方法是吃他开的汤药。

“发”是对全体而言；对于创口的部分，则是“扩大”。这时的创口们都是在安稳的状态之中，不知可已是强弩之末的现象？右腿还是剩两个“潭”和“月”，但其中之一已近乎全好了。左胯的，还是不生不灭，但是它以及那‘二潭一月’的脓液都已稀少了，也都已收缩得颇堪赞赏。

但是现在要被“扩大”开来了！——那又粗又长的裹满黄色的、气味浓烈的什么药粉的药捻，木桩子似的，深深而且紧紧地塞进一个一个创口里。于是，像寒暑表里的水银柱在暑天里一样：血，血缘着药捻，染红了药捻爬出创口，汇集多了，更沿着腿的外皮流入换药盆中。

这打木桩子——或说钉楦头的“扩大”刑罚我是受了一个多星期。

又厚又大的、气味浓烈的膏药（陆医生不用纱布及油膏）每在木桩子打好以后，便没头没脑地，一块对右腿的创口们，一块对左胯的创口，蒙盖起来。热腾腾的，蒙盖得密密不通风。蒙盖住的是疼痛，是一片片一阵阵，不，连续不断，但又似乎微有波浪形的起伏的紧张的、无转圜余地的、不干脆利落的、又火辣辣的疼痛。那是“木桩子”所引起的。这种疼痛要向外散发，但又遇到膏药的“封锁”，于是这疼痛好像是熏焖在蒸笼之中，昏昏沌沌的，我摸不着痛处，而又那样难受，那样疼痛。

用来“发”我的创痛的，是他开方自配的汤药。自从他开始“打桩子”那天起，我就开始服用。和他那种“封堵”的大膏药一样，这种汤药我也连续“享受”了不止六个月之久。多么难喝的苦药啊：浓如血，苦如黄连吧，又有很辛辣的滋味，又有一点酒的甜味。药的配方可能也是他的“祖传”，其中有麻黄、熟地、桂枝、干姜、细辛、附子、茯苓、桑寄生之类的国药，煎煮成药汁，再加以用鹿角胶浸溶成的胶汁与高粱酒调和而成的混合物。这种苦药我每天要服一剂，每剂弄成早晚两大杯。多么难喝的苦汁，灌下之后，我是醺醺然，烘烘然，昏昏然，恍恍然，和被“打桩子”那几处的复杂而多样的疼痛感觉交相呼应，内外夹攻。

内煎外熬，令我多么难受！

然而，更甚的难受跟着参加进来了！那是雪上加霜，那是在创口上洒盐！

在一个多星期以后，好像是我第十九个生日（三月初十）的后一天。陆医生要动手取“管”了。

他事先说过那是有“一埃”痛的。“不过不厉害，一埃埃，没关系，小囝都吃得消。”我尽力准备好，罗掘了一份应付这种疼痛的忍受力去面对。我眼睁睁地看着，心惊胆战地眼看着，一根一根“药条”塞进我的腿上的洞穴里，深入一个一个已经扩大开来的脓血之窟里。我奇怪这天用的五六根药条怎么是比药捻还粗的长条，而并非那天他捧给我们看的香灰末一样的小段。他说这五六根是他自己照秘方配制成的，祖传真货所存不多，用掉“肉麻”（舍不得）。药条之外，又加药捻紧紧地揎饱了各个创口。然后，特大特厚的特制加料膏药一块，“如胶似漆”地紧紧粘牢，封口。这是对我右腿上的创口下的“毒手”。我自告奋勇地说索性左胯创口也就同时上了药条吧，要痛就痛痛快快地痛他一回拉倒，长痛不如短痛，一痛永逸吧。

他真的听从了我的要求，如法炮制，上好了药。工作完毕，他夹起他那药包，那是对摺的颇大的黑色公事皮包，应该是扁的，但是他把药瓶啊、药盒啊，以及刀钳、针剪和药棉、膏药等等都一一塞在其中，乱七八糟的，混杂着各种污渍，各种气味，和他本人那种粗枝大叶毛手毛脚倒是相得益彰。

我要向他并向自己炫耀自己曾经是，并且仍然是对苦痛不在乎的硬汉，对这次的可能的疼痛——那已经在渐渐升起了——以我曾经沧海的经历来应付是驾轻就熟，游刃有余。我便曲肱而枕，曲腿而卧，好像准备细细领略那渐渐升起的疼痛的滋味。

他临走时，说道：“满好，极其有希望就此一次就可以拿全部‘管’拔清，拔出来。明后天就可以一个一个钳出来了。那么，钳干净，长肉，收口，就一埃事体都没了！几何开心！有点点痛现在忍一忍，熬一熬好了。”

真会有幸运的奇迹降临吗！明天，后天，“管”出来了，一个一个钳干净了，那以后就是一个一个创口完全收合了！那么缠绵多年——呀，多少年了呢？！——的病就好像变戏法一样霍然痊愈了！太好了，不敢相信，这样的美景简直使我陶醉。

疼痛的感觉渐渐从膏药所蒙盖的那两个区域传播和蔓延开来了。各自为痛的创口的痛感已经联成一片，这一片再向外扩散。——虽然痛已经形成“一片”，但是每个创口还是痛得比较突出，好像它们是火山口，是喷射痛的源头和中心。

这痛，是创口被揎塞得胀痛和药条发挥作用的痛的混合。传播，蔓延，而且渐渐增强了。

不去注意，也不承认那是痛，我自己装作泰然自若、若无其事的样子。我夹起床边的撑杖，漫步起来，好像那样就真的走出了自己的躯壳，离开了疼痛。行到窗前，我强要自己以为自己是神往于窗下那些人在做的不值得神往的嬉戏。我装作欣赏，装作怡然自适，而且笑了。笑？怎么笑的机括失灵了？只是肌肉在抽搐或是扩张了一下，好像笑的分量很重似的。

唔，各创口好像被铁夹越夹越紧了。那一片和那一片蔓延得更广了，又更增强了，好像用大把大把的盐腌渍起来，好像正对着滚烫的烈火久久炙烤。哟，右腿！哟，左腿！那一大片，以及那一大片如煎如熬的火辣！

哟，如煎如熬的火辣之中还有什么在一阵阵地一抽一抽，好像火焰的一蹿一蹿。

哟，我的头，我的全身，也沸沸扬扬，混混沌沌了。腿！……我不能再站立，我抓起撑杖，想要离开，像是要离开我自己的躯壳。

好像吃了大量辣椒，全身有大量的热要往外涌，要化成汗水，可是汗腺紧闭，渗出的是油，镜中我的脸油然发亮，却——怎么陡然阴暗下来，像云翳笼罩；也陡然更瘦削，猝然憔悴。眼前也迷蒙着一层雾。眼睑青黑。头也在云雾里。

痛！我战败了！我预备的忍受力，我强迸出的对抗的勇气，我努力分散的注意力和我佯装的怡然自在的办法，全都崩溃了！痛！我不能不重返回病床上，踉踉跄跄地。

迷迷糊糊地，我全身都如绞如割如烙，在熊熊的烈火中烘烤。

痛抽紧神经，全身紧张，五马分尸似的，而不松不懈，都快足以使我碎裂了！哦，最微细的神经的末梢都涨满了痛了！痛涨满它们，它们一定都在最剧烈、最紧张的状态之中，好像被震动的游丝一样地震颤，一定都是痛得热烈得发红了，红珊瑚枝似的了——红珊瑚枝的形状和颜色，我闭着眼睛，似乎看见亿万道精细的桠杈在震颤，发红。

我闭上眼睛，痛使得我自然而然地闭上，而眉毛紧皱着。我全身瘫软，所有的体力和精神都出动去应付痛了。痛！

我身上——皮肤的下面是多么热！好像是一层由痛之火煮熟的油在表皮下面沸腾，却不能发散出来。热，和着汗和痛挤入而且充满了每个细胞了。

心跳得恍惚，陷入更甚的迷糊状态。

而痛在增长，真好像膨胀到每一个细胞了。每一个细胞都含满了痛的感觉。我不能动一动，这是因为没有力气，这是因为要付出痛的代价才行。但是疯狂的痛逼得我不得不挣扎着挪动一点以躲让和逃避它——但是挪动并不能躲让和逃避掉痛，反而增加疼痛。我挣扎着将睡卧的重心移到左臀，想以此来减轻右腿的凶势。又移到右臀，想以此来减轻左边的痛。又移到左臀……左支右绌，右支左绌，而每一次的挪移都付出了沉重的代价！……

手，自然而然地伸去抚摸两腿的痛的中心。但是在手一触碰到什么地方的时候，却将痛挑动得更炽热了！在痛更炽热的时候，嘴唇自然而然地尖啜起来，眉自然而然地皱得更紧，而手又想伸去抚摸那炽热的痛。

我动一动脚趾，或呻吟一声，痛都要干涉，都要阻止我。

盆骨部的荐骨周围好像成了痛的集散地了，总管了痛的发散，汇集它们一浪一浪地传过来。痛，传播到全身，到每一个细胞。我迷迷糊糊地伸手去按捺那个集散地，迸出最大的劲，要制止痛。又似乎制住了一点，又似乎无济于事，而似乎更激发了痛——因为那处也饱含了痛。我不管，我用劲按捺，我要把痛按捺成碎粉，即使会同时把骨头也按捺成碎粉！

从荐骨一直到天灵盖有什么在紧紧地绷着。整个头，有什么在紧紧地箍着。我的头颅内同时是涨得要爆炸，挤得要粉碎，沉重得迷迷糊糊，烟雾缭绕，只觉得油脂糊满了脑袋，脸，全身。我觉得热，火热！

从脚底到口腔都是火热，尤其心脏——好像从心脏里燃烧起来。我嘴里满都是火，牙龈木木然，好像牙齿全都拔掉了一样。

这种通体的疯狂的痛，是我有病以来，有生以来，从未经受过的剧烈的痛，也是我从未经受过的长久的惨痛！

我这样痛了大约四个多钟头——不，简直几千个钟头。父母亲怎么忍心看见我受到如此煎熬？便打了电话给这位下“毒手”的医生，问能不能吃止痛药，吃什么药为好。陆清帆医生在电话里回答我母亲说吃“加当”。“不过最好不吃，怕影响药条的药力，熬一熬好了，一息息工夫。”我便使自己顽强勇敢地拒绝了用“加当”镇痛的莫大的诱惑，拼着命选择他的“最好”方案。——横竖已经熬上这么多时间了，为了自己的病不功亏一篑，不要增加旁因来搅乱他那神奇的药条的药力吧。

啊，一分钟好像几小时，一小时好像十几个月。

在朦胧的夜色里——距离开始痛已经六七个小时了——我朦胧、昏迷、迷糊地吞饮那“鹿角胶”冲调的浓浓的又苦又甜又辛辣的汤药。哦，像吞饮一罐酒精一样，我燃烧起来，痛燃烧起来——但似乎因此舒松一点了，好像痛蒸发了一点了。

我出了一点汗。

夜是安静的，是和平的，是模糊昏沉的。痛并没有终止，而且在夜的安静里格外凸出鲜明，虽然我已经昏迷恍惚。

直到睡眠的本能意识挣扎着从痛和昏迷之瓦砾堆中兴起，增长，张大，盖过了一切，才压制了痛，淹没了疲惫已极的我，和整个世界……

那是无梦无我无一切的最纯净的混沌一片的睡眠。

不知道在那睡眠的遮盖之下，痛是不是仍然生存着？也不知道在那睡眠的遮盖之下，我是不是死灭过一次？

半夜，我醒来，发觉我沉浸在大堆冷汗里，滚在棉被之上，侧睡着压着创口。这使我吃惊，我慢慢费力地翻过身来——好像从死亡的边缘线上幸运地（或者该说不幸地）翻身回来。

痛像浪潮一样退掉了，火样的热烟一样消散了。一切归于平静，暴风雨或者大轰炸之后的残破縻颓的平静。我挣扎着坐起来，坐在死亡的边陲线上，面对死一样静的夜，心里说不出的怅然，茫然，无可奈何——好像面对着绝尘而去的铁骑所蹂躏的荡然无存的家园。不过，心中也还有一点安慰的感觉：总算熬过这一场酷刑了，马上就可以去揭晓这一场苦难之后的据说的美景了。

我昏沉晕眩，虽然神志已清。我瘫软脱力。我全身的肉像被吸了进去似的，又猛然瘦了许多，而且枯焦，像蜡一样的阴冷、麻木。不过在麻木之中又星散一点痱子一样的针刺感，大概是未熄尽的余痛，好像余烬隐约。那膏药之下的那一片，也是余烬隐约，有大块钝钝的痛。我满身散发着药气，脓腥气。我发热，满嘴苦涩、淡、渴，上下牙龈整个浮肿，肿得抵触唇和舌，好像上下镶了两大圈橡皮，而且咀嚼任何食物都要发痛。

在清晨，我大大呕吐了几阵，接着就开始泻，一阵连一阵的迫不及待的泻。喝汤会泻，喝水会泻，不吃不喝也会泻。

泻，肿，发热，瘦，这回剧痛所引起的这些严重恶果一直在恶化……直到两个星期以后才慢慢回头——是另一位内科中医开方，精心调理才把我从迅速下滑的绝路上挽回的。

“管”是由陆清帆钳出了，左胯灰白污脏的样子，像败坏的猪肠子似的一小段，从黑褐色的脓水中牵肉带血地拖出来，留下一个深和大得怕人的窟窿。右腿膏药一掀开，下面是凸凸凹凹的皮肉，一派败红黑青污紫炙焦的肉色杂陈的肿浮的惨状。“管”是一段或一片或一小块一小块或只是一小撮烂糊似的东西从一个一个洞中钳、拖、掏、挖了出来。

果真我看见“交关奇怪”的所谓“管”了。我当真十分惊喜地高兴过。

可是——唉，可惜要“可是”——钳出之后，一天，两天，一星期，两星期，创口却依然如故，脓水也依然如故！最多只恢复到原来的情状。于是，又是“药条”，又是痛……痛……一次，两次，到同他的契约期满时为止不下十几次。十几次的如前所述的剧痛啊！不过，还好，后来的剧痛都不如头一次的剧痛规模那样大，时间那样长，因为陆清帆后来下手已经不如以前那样狠，不是几个创口同时上“药条”了。而且改用了他舍不得用的真正的“祖传”“药条”，而不是他自己的仿制品了。

民国三十四年八月十日，我国抵抗罪恶的日本侵略者的八年抗战终于胜利结束。这时候，我还在与陆清帆签订的“保健证书”的契约期中。我还辗转在难熬的病痛之中。

我永远不会忘记那举国欢庆抗战胜利的时刻！震耳欲聋的爆竹声、锣鼓声；满街挥舞的旗帜的海洋；到处走动、互相庆贺的人群。大家着了魔似的，兴奋、激动得不知如何是好。中华民族和全世界人民流了八年的血和汗和泪，争取到了这样的一天！

然而我还是在病榻上，在小室里受着病魔的折磨。我为胜利的到来欢欣鼓舞。我为自己的处境悲哀叹息。

陆清帆果然是一位“瘾君子”，他因为戒烟（大概因为抗战胜利了）的缘故，不再踏进我家的门了。替代他来的是他的太太，我称她“陆师母”。六个月到期后不久，她也不再来了。

这六个多月里，我的病毫无进步，而且明显恶化了，倒退了。我在茫茫的苦海里行舟，看不见港湾，看不见陆地，反而是阵阵恶风、阵阵逆浪使我倒退，甚至可能倾覆！

六个多月连续不断的吃药，六个多月连续不断地受痛的折磨，这一阵凄苦的恶风逆浪持续的时间竟然这样长！我不会忘记，而且印象鲜明地记得：当一次次铁钳触碰到深肉里的神经时，我是怎么一次次痛得要炸裂。当看见自己腿上张大开来的总有两寸多深广的创口时，我是怎么心酸，心寒！铁钳曾长驱直入，钳到了右大腿的筋腱，推摇着格支格支响；剪刀曾对着创口的腐肉剪，剪，剪，而血……当脓和血自洞底泛滥时，当药棉团深入进去锯齿似地翻绞时，当引针爬梳时，当药捻紧紧填塞时，当“药条”打进去时……都让人痛不欲生。

所谓“药条”，我后来知道大概是中医外科用的所谓“烂疮药”，塞在肉里能活生生地将四旁连皮带肉都烂掉。——那么所谓“管”，就是被活生生地烂掉的一圈肉了！只烂皮肉，怪不得对于根在于骨的我的病是纵有“保健证书”抵押、“赤金若干”逗引，这种“治疗”也不可能发生任何效力了。

唉，总算那些恶梦已经过去了。唉，总算我还留下一条命。

十八、山穷水尽

好像是梦游人，好像是失魂落魄的疯汉，我颠踬蹒跚在好像是堙塞千年的古道上，好像是无星无月的荒凉绝灭的死亡之途上。我一瘸一拐，向前行走在时间的路程上，面对的是茫茫和漫漫，幽幽和黯黯的一片空洞的空间。

溯逆着光阴的风雨，是腥风，是苦雨，风吹雨打，扑面而来，满怀，满身……腥和苦……一阵，又一阵。

消逝的一切，如迂缓的音符消融在雾夜里，恍惚，迷蒙，无尽的茫茫、昏暗，也如在浓雾中，恍惚，迷蒙，于我都似远去的梦。无数的凄风苦雨过后，面对的仍然是一片茫茫昏暗。

似梦游人……

归宿何处？还有几多风雨？

不，不问吧，我唱：让去的去吧，让要来的来，我已无所憾恨，我已无有悲哀。

睁定染尘土的眼睛，任凭将来什么、将要怎样来打击我吧。我仿佛曾经沧海，没有什么再能使我或惊或喜，没有什么再能使我希望或注意的了——也使我感到似乎什么都陌生，隔着一层烟云，远远的，都没有兴味，没有意义。

我只单单剩下一个空空的生命。

这生命也是松散游离的。因为它——我的生命——一直被摧残，一直看不见曙光，一直要奋然振兴却一直被重重打击。

我的生命没有什么可珍贵的了，没有什么意义了。

在第二次世界大战和我国抗战还没有结束的时候，上海这大都市遭到美国飞机轰炸的时候，一阵阵地动山摇的炸弹爆炸声里，生命本能地战栗恐惧。但是同时我又十分地平静镇定，好像愿意作一个结束。假如真会这样，或许我还会对我自己“幸灾乐祸”。

曾经激起我的感触的是一群小学同学到我家来访问。从有英小学毕业以后，已经许多年不曾见面。他们想到我，来看我。童话里会晤一样的美妙，但是我惶惶不安。我感到自卑。我的模样只像一个沦落街头的乞丐，我只想在阴暗的角落里偷偷地颠沛流离，骇怕病态狼狈地出现在陌生的熟人面前，尤其曾经见过我的愉快的童年，并且现在应该与他们有同样美好命运的同学的面前。我心潮澎湃，却无言以对，枯坐一会儿以后，他们走了。望着他们已长大的身影，望着他们留下的一抹晚霞，我瞠目直视，嗒然若失。我激动地捉起笔来，想告诉他们："毕业典礼上，汤老师曾经在大会上说：'你们是刚要下水的小船，将驶向各个方向。'我要说，我是一条不幸的小船，驶入的是不幸的海洋……这些年来，陪伴我的是床，是药，是航过窗口的孤单的云，和航过窗口的白昼、夜晚。在我们一群船队里，我是一条落伍的小船。一条在恶风逆浪里可能会沉没的小船……"这是一封没有写完，也没有发出去的信。那夜，我睡不稳。

我也有感动和欢快的时刻。那是在梦里。我时常梦见自己仍然奔跑跳跃，说不出在什么地方，也许是空中，也许奔跑的不是我，只是迷迷糊糊的、似隐似现的奔跑的感觉。像野马，像野兔。这时我的心扉一定是敞开的，蓬勃，跳荡，兴奋，舒畅，像飞一般……

为什么常常是同样的梦呢？

从甜美的梦境中跌到残酷的现实里是悲惨的事。当我醒来，从活泼、欢畅、生动的梦中醒来，惊觉自己仍然沉陷在脓血之中，仍然瘦小羸弱，仍然挛曲畸形，仍然撑杖丑恶地立在床头，我的心就立刻揪缩起来，悲痛如绞了。

有时候，我忽然惊觉自己的背后已累积了太多的阴森消沉的日子，就像一直关在笼中的雄狮，心如槁木，却忽然兴起挣脱镣铐的强烈意念，只能仰天叹息。我是多么焦躁，慌乱，懊恨，烦恼，哀怨，忿怒，忧伤，真是五内如焚！

如焚，如绞，但是还得静静地沉沦在现实的深渊之中，那黑暗的日子聚集成的深渊之中。

那些黑暗的日子也聚集成沉重的梦魇，不管睡去还是醒来时都沉沉地压制我。

有时，我还梦见又在球场上驰骋。哦，叱咤风云似的驰骋，没有什么阻挡，什么也阻挡不了。我的脚前似乎永远有球在眼前转……有时，还梦见匆促地行走在上学的路上，一颠一跛，痔漏的黏水在沿着大腿溜下来……有时，着急生字太生，习题未做；有时，正忧心忡忡地躺在医院的病床上等着明天开刀；有时，只见陶医生张着大嘴要吃人似地大声喊："骨痨！"有时，手上紧紧抓着一本《扬州十日记》；有时，腿膨然肿胀起来像一包棉纱；有时，一个创口裂开像海堤溃决；有时，丁永祥在喃喃祝祷；有时，谢医生雄赳赳地走来了；有时，陆清帆气势汹汹地手执一块通红的烙铁要塞进我的创口，说道："管！管！"……

有时，半夜醒来，发觉泪沿眼角而下，漉漉地湿了。那是从梦里流出来的快乐的泪水么？那是梦接触现实，好像蒸汽接触寒冷以后，而化开以后凝成的幻灭的水珠么？

那或许是如水的月光注入眼睛，满了，而泛溢出来的吧？

有一夜的月亮是多么奇怪啊，我记得它。它幽幽地照明满室，皎洁，但是邪异阴惨。懈怠地沉落，渐渐地，苍白，而且恐怖萧杀，散布着凄迷寒冷的光、溟蒙沉醉的气息和阴森魔幻的气氛。苍凉，而且诡秘荒诞。那好像是蛮荒之野中的僻静的古墓的景色，而我睡在古墓之中。月亮在千年之前就是那样亮着的，我忽然苏醒，还是看见那样的月亮，才知道中间的一段情节都不过是梦。我所认真地悲过喜过忧戚过的许多事都不过是梦。世界原来没有发生过任何事，天地间除了我和月亮原就是空无所有。也好像天地在那一夜忽然陆沉了，我同月亮孤寂地沦落在这一方，同其他一切永远隔绝了，永远不会有天明，也永远不会有黑夜。

这是多么怪异之境，我却并不惧怕，而是感到冰凉，安静，残忍地安静。

也是带着这种安静的心理，我再一次一次去守候在谢剑新的候诊室里。

我看着另一个世界似地看着候诊室窗外的一颗大树在民国三十四年的秋风里摇着黄叶。……

我看着枯枝在北风里颤抖。……

我看着那颗大树在南风里惨惨地绿了。原来又过了一年……

我看着它繁盛茂密、亭亭如盖地立在熏风之中……

光阴在叶上陨灭，日月在叶上被消磨无踪影；时序渲染了树叶又剥离掉。那好像是，唔，别个世界上的事。唔，至少是隔着一片玻璃。

我也是那样安静地料理旧业——纱布、药棉、膏药、药粉……这种可悲的作业，我还是每天调弄。我俯察自己腿上的创伤，替它们修饰，像匠人对于他赖以度日的手工操作吧，已全无恩怨可说，只凭持习惯，机械地操作。当我每天安静而疲倦地拖出那种作业的工具箱，脑子便躲开，躲得无踪无影，而手便安静而准确无误地运动，正像匠人在厌腻得生茧的工作岗位上工作。

也是安静地继续练习那坎坷的步履。一步，一步，一匝，一匝……我安静而勤奋、盲目又机械地苦练。有一天（卅五年九月）我撑断了一根撑杖，便试着单用一根撑在右腋下，苦练。（在之后的卅八年初开始单用一根手杖了。）在卅六年九月穿上了特制的 “畸形矫正鞋”，挛曲的右脚的鞋底有五英寸多厚。我踏得碎我的病么?

有一天，忽然听说谢剑新医生患癌症溘然长逝。我终止了那一条就医的路。我为他感到难过。我为生命的脆弱、短暂、无常感到难过。他的形象深印在我的脑海中。

我和父母又去了顾筱岩外科中医诊所一回。他那很不卫生的诊疗室里又暗又潮又闷，空气中满布着浓重的腥臭气，使人呼吸不畅，好像是细菌壅塞了鼻孔。灯光下，有人袒露他的凶毒的疮肿，有半个网球那么大，爆发着肉、血和脓，使人厌恶甚于同情。那人在断断续续的呻吟和嗟叹声中，还面对我说了声：“小弟弟，生毛病苦噢？”唉，怎么不苦！天底下为什么有这么多折磨人的疾病！

我们又去看了一回骨科西医朱克闻，在他办的怡和医院。几年前我就是在那所医院开刀的，并且又在那所医院里摄了 X 光照片。重访旧地，使我无限感慨。那年我心情沉重，精神委靡，然而是步行着走进医院的。出院时，兴高采烈，自以为凯旋故里，万事大吉了。但是现在——哦，那悲惨的故事一直延续到现在啊！我现在是狼狈、残败、颠踬地划着撑

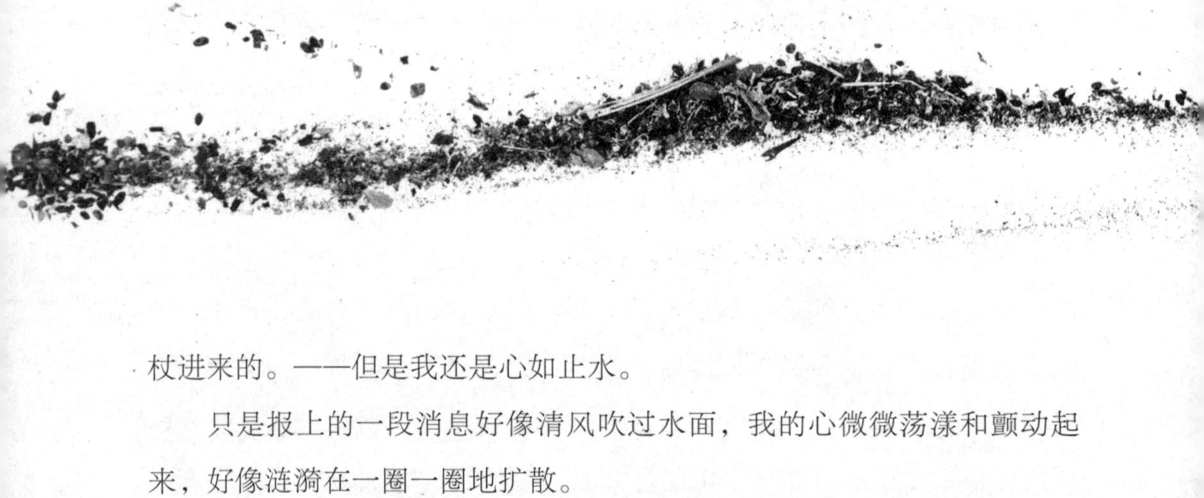

杖进来的。——但是我还是心如止水。

只是报上的一段消息好像清风吹过水面，我的心微微荡漾和颤动起来，好像涟漪在一圈一圈地扩散。

我将那张报纸藏在床褥之下，好像藏了一件宝贝。我将那个消息禀告了父母亲。父亲即时写信，请托在美国的亲戚设法弄来一瓶那报上所刊的尚未正式发售的治结核症新药——“链霉素”。

父母亲带着我，怀着那瓶药在去任廷桂医师诊所的时候，我故意猜想那药是“无效”的，以免自己会掉进“大失所望”的伤痛里。任医师

果然不主张用这种最新的发明，他说那种药还在试验阶段，无效而有害的可能居多。那是民国三十六年的春季的一天，我们从他的诊所出来。天气怎么冷得烦躁？

不，让去的去，让要来的来吧。

来的会是什么啊？

腥风，苦雨。

腥风苦雨之外好像有一片阴影掩来，哦，一团阴霾。会吞没人的，会使人像烟一样消失、物化的阴霾……

但是，似乎有什么在闪耀……

民国三十六年的秋天，我提起笔——早就蓄有此意了。我在心中模糊地筹划：不管怎样吧，任凭我向前走到哪儿，最后面对哪一种结果，我且用笔描画下这许多年人生道路上印下的这些凄苦的足印吧。我且用笔把我的脚印描下来，留在这世界上，作为我年轻的生命的纪念，那么我可以轻松地、无憾地迎向前面的任何事物——任何无尽的风雨，任何可悲的结果了。

且行且记吧。我提起笔，几乎是绝望地、但仍然是安静地写下这篇回忆录的第一句：

“护士小姐走进二〇五号病房。”

十九、绝处逢生

我要像虔诚的教徒对待他们的神祇，狂热的信徒对待他们的领袖那样对待我的拯救者。它不是神，也不是人，甚至不是医生。它是一些令人敬仰的科学工作者辛勤劳动的结果，它是造福人类的珍宝。它的名字叫做 Streptomycin，就是“链霉素”！

我不知道是哪位或哪些人创造了它，但是它就是我的拯救者，是我要顶礼膜拜的神。它救我出水火而登衽席，自地狱而升天堂，离苦海而达彼岸！

啊！泪腺已干涸的眼睛里终于泛出了笑意；绝望的深渊下面终于透进了光明；奄奄一息的心脏终于重新有了跳动的活力；愁云终于消散；满满的人生苦杯啜饮到底，终于尝到了有甜味的沉渣！

我怎么说呢？我怎么说也不能表达我从那种神奇的药品中得到的恩惠的感激之情啊！

我怎么说也不能表明那神圣的药名对我的意义啊！我要像记住佛号那样，永远记住它的名字！

那是民国三十七年三月的第一天。天气晴，冷，有风，母亲带我又去看了骨科医师任廷桂。我们坐在他那明净而肃穆的诊疗室里，我眼巴巴地盯着他看，心中猜想大概他又要说我这病还是只有休养，别无良策。但是他尖着嘴唇，噘噘短髭说道：“根据新近的外国医药报告，和手上几个实例，知道链霉素功效是很大的，的确可以应用的。”不过他说，我得先再照照 X 光，以明骨头是否变得不可收拾，不堪救药了。“然后才能决定用法、用量。这个药品毒性是很大的，用了会眩晕，甚至耳聋。常有这种反应。此外，也不能说有百分之百的疗效。”

X 光照片的报告说：“右股关节因毁坏而变形处无变更。右耻骨之毁坏处境界较前更整，内侧尚留小毁骨影。右股骨更斜向内侧。”

链霉素是药粉，纯白色，加蒸馏水成针剂，肌肉注射。上海刚开始有货供应的时候价格很贵，要用金子计价。父亲为了我设法买到了一些。那是美国药厂 Merck 的出品。浅绿色的长纸盒里装着，一盒五小瓶，每瓶药粉一克。

它蕴含着巨大超绝的神奇力量，它隐藏着我的拨云见天日的未来。它那神奇的力量扭转我的命运像扭转一个正在上演悲剧的旋转舞台。那样纯洁，细小，却能发挥出起死回生的作用，真是不可思议啊。

遵照医师的嘱咐，从三月八日开始使用。我们请了特别护士顾小姐。她揭去小玻璃瓶上的铁帽子，把针尖插入铁帽下的橡皮塞中，挤入十 CC 蒸馏水，链霉素药粉完全溶化在水中，水是那样净洁，透明，晶亮，甘露一样。

顾小姐摇晃了瓶子，再插下针尖，吸取了已溶化了的链霉素溶液十 CC 的四分之一，即二 CC 半，将针头移到我的手臂上端，在八日上午的十时整打进了第一针。

随后是下午三时，晚上九时。再是第二天清晨五时。四次便正好用完一瓶十 CC，也就是一克。

第二瓶便接着在上午十时、下午三时、晚上九时，每隔五六小时打一针。任医师说用十五至二十瓶就够了。

迎着顾小姐手下的尖针之后的针管中的那晶莹的水，我装作若无其事的样子来掩饰我兴奋的心情，就像对非常想望的东西偏偏装作毫不介意一样。

我照常夹一根撑杖在屋中上下去来，仍旧做着要做以及必须做的种种事，只有在每夜例行的替自己换药的时候，才偷偷地、暗暗地仔细检查创口，急着看看链霉素究竟有没有或者有多少效果。

这一时期的创口情况正是在良好的和几乎是有希望的状态之中。前几个月里，曾经有好几次，或者右腿或者左胯的创口稳稳地收合了。只不过那好几次的收合，纵然收合了很不少的时日，都是以重新再绽裂开为结束。右腿所剩的三个洞孔在用链霉素之前的不久，曾经完全、干净地牢牢收合了两三个星期，可是不但又一个个破裂，而且在附近一块从未破头的好肉上，也由红而肿，而穿孔而流脓了，纵然敷药也没用。于是右腿又有四个、左胯有一个流脓的洞孔。这是打链霉素前夕的症状。

就让链霉素来收拾残局吧，我祝祷。

天天，顾小姐来。

几天之后，正如任医师所说有些药力的反应了。我头晕眼花，由轻微不显而至含糊起来。尤其在动作的时候，在撑着撑杖行走的时候。眼睛注视着什么东西的时候，那件东西就即刻奇怪地旋转起来。假定有一个“起点”，眼前的东西便一遍又一遍不停地从起点向右向内弧形地旋转；并不旋转到哪儿为止，而是到某一点便中断，消失了，接着又从“起点”像先前那样旋转过来。好像霓虹广告灯的光，永远从一端开头，到另一端消失，再周而复始。我睡下来，闭着眼睛，不舒服的反应会缓解得多，不过头仍然会昏昏眩晕。我便乖乖地睡下来，一直到打完那药针。

有一晚，我忽然严重地呕吐起来，简直翻肠绞胃，翻江倒海，所有吃下的食物以及酸水、胃液，都尽情地、彻底地倾吐出来。一阵，一阵，已经吐无可吐了，肠胃还要紧逼着向上推送，好像是对待忍无可忍的仇敌。一阵，一阵，向上翻，真好像有一只手探入我的嘴，直插下去，抓住了胃肠的底，好像抓住一只口袋的底，用力拉着向上翻，翻出我的嘴外似的。胃肠抽搐，如绞一般的难受，全身大颗大颗的汗珠都逃出来了，全身的力气也像泄气的车胎一样漏尽了。真是一次严重的呕吐。这呕吐或许不是药物不良反应，也许是那时候吃下去的不易消化的清鱼肝油造成的。或许和链霉素有些关系。我始终不明白。所幸没有别的现象，也没有再次发作。

天天，顾小姐轻悄悄地走进房间来，在清晨，在夜晚，在上午，在下午，一次次忠于职守地赶来，为我扎下尖针。轮流在左臂、右臂、左臀、右臀四个部位扎。小小的空药瓶一只一只排列起来了。那好像是排列在湍急的洪流中的垫脚石吧，供我踩踏，行到彼岸。空纸盒一只只叠起来了，好像阶梯，供我爬出地狱。

我静静地卧躺，顾小姐温和地询问病情，温和地给我含体温计、按脉搏，使我又想起医院里的情景了。或许——又是做梦吧？我是一直身在医院里，现在不过是一觉醒来，睡和醒的中间只不过是隔着一段长长的仲夏白昼中的梦，而明天要开刀了……

是的，医院的床和这张床中间是隔着长而又长的一段噩梦……而那是开始的一端，这是另一端。

是的，是噩梦快醒的时候了。

二十瓶链霉素用完的时候检查战果是：右腿三个创口加上临末赶来凑热闹的新创口都完全收拢了。左胯上那个孤单的创口显然已经一蹶不振，大有后望。洞口只有针眼那样大小，脓水稀薄，甚少，沾染在纱布上只浅浅一点。假如它愿意收拢的话，看来那是旦夕可致，或者指顾之间的事。但是它还心有不甘似地，守着那残局不收。

遵照任廷桂医师所嘱，在打完二十瓶之后的三个星期之后（四月廿一日），父母亲带我再去了他那儿。他认可了右腿的成绩——那畸形蹩扭的腿，那腿上印有五个比酒涡要深，比肚脐要丑得多的圆形的凹陷的疤痕，那缠绵悱恻年深月久的病害的总结。

不过他采取保留态度说，两三个月以后才能说“一定”收到了效果。后来事实证明，情况“一定”下来了。

任医师还说，我的这条畸形的弯曲不能伸直的右腿，在我休养相当长的一个时期以后，结核病菌损坏的骨头长结实以后，可以施行整形手术矫正。啊，我竟然还有希望更能接近正常人一步！他还嘱咐继续打链霉素十瓶，来巩固一下既得的战果。

左胯的创口不收，原来有一块小碎骨没有清除掉。我自己用镊子把它钳了出来，那是一小块碎石一样的东西，粗糙，坚硬，像虫蛀蚀过的颗粒。我挖掉了这个隐患，终于取得了完全的胜利了！

在民国三十七年五月三日，那最后的创口也完全紧紧地收拢了！！

当我最后一次换药——就是简简单单地用酒精擦净已经结合的疮疤的时候，我已经无法用言语来表达自己的心情了！

当我将药棉、纱布、药膏、药水、剪、刀……一样样塞回药箱，将药箱和换药盆重重放下地的时候，我完全轻松得透不过气来！

望着面前的一个小书架，这个终日陪伴我的书籍的“家”，抚摸着身上的创痕，这一个一个凸凸凹凹的怪物，忽然一团火从心底往上涌，涌进了眼睛，止不住，也不必止住，大颗大颗辛酸的热泪滚下来，滚下来……

二〇、余音袅袅

流转了千里万里，摸索，颠簸，漂流……

终于可以在安全的港湾，平安的岸上歇息了。

浪舌在向我的脚前卷来，但是已经碰不到我了。

我的脚还滴沥着海中黑水，寒风在呼啸，波涛在狂号，那风波里浮沉着我的昨日。

啊，那些漫长的凄惨的日子，一望无际的黝暗。

一共是二千五百多个凄苦的昨日，占了八个年份，也就是六个整年又有余。

我抚摸着自己的残损的腿，腿上的创伤，可怕的伤疤。

是抚摸着染满风沙的破琴，破琴上无法弹奏的断弦吧？

不堪回首的绵长的故事，但是暗哑的声音怎能向人倾诉呢？

不过那些都已经是昨日的事了。

低回？黯然？还是欣幸呢？还是悲凉？

撑着撑杖，劫后余生的我站在秋之窗前。

在一片苍茫的阴凉的暮色中只见忽明忽灭的灯火，只听见悠远的市嚣，微微的驰去的火车声。

飒飒的风，淅沥的雨，在窗外飘落。

天真的黑了，黑暗扩张了，扩张而紧贴在蜿蜒在窗玻璃上的雨珠的背。

世界是阴寒、但实在的。

灯下，是耐心地等待着我中断的稿纸。我能完善地表达自己吗？

啊，让我将将来的格子填满吧。

不使空白。

民国卅六（一九四七）年十月至
卅八（一九四九）年八月十八日完稿
翌年三月十二日改成

二八、不辱教言

邢鹏举老师：

我该怎样感谢和感激你呀。

几年前，我开始鞭策自己，像赶牛似的，像犁田似的，在稿纸的阡陌中一行一行——或者说，像插秧似的，在一行行的一穴一穴中吃力地落下一个一个字的种苗。落完了，的确松了一大口气。但是我随即就茫然而彷徨起来，好像赛跑者奋力抵达终点，却四顾无人，并没有一次竞赛；好像我耕种下去的是——杂草，我所做的是无意义的，无价值的徒劳无功的事。我捧着一叠稿纸，在碰过一两次壁以后，觉得它和心都没有一个着落。

然而我随即就接到你的好心的接待，你热心和慈善地愿意为我将拙劣的文稿仔细审阅，并且有意为它找一个着落，我该怎样感谢和感激你呀。

你说“不要悲观，也不要灰心，把握住光阴，做一些有用的事业”。是的，老师，我将谨记你的话。我现在不知道是不是有些悲观或者灰心，大概有时候是有些空幻之感。

这空幻之感不知道是不是由于近日一次奇异的经历所引起的。假如不是“引起”，至少总是这种经历所加深和染浓的。

这奇异的经历得自医院中。噢，我得先向你报告，我已经在十四日出院了，一切良好，只是头晕。右腿似乎已经放长了一点。

说到这奇异的经历，还是连整个的事情都说说吧：

一九五〇年四月十日，距离我那场大病痊愈的时日一年多。一年多以前，任廷桂医师吩咐在一年以后等创口长牢的时候，再去看他，研究关于矫正右腿的事。看了他，便决定在四月十日住进济华医院。这家医院在巨鹿路（巨籁达路）富民路（古拔路）口。

那天下午，在你离开我们家之后，我便拄着一根拐杖——这几年我已经“进步”到不用撑杖了——右脚踩着鞋底厚厚的整形鞋——这双鞋比拐杖随我的时候更久——随着父母亲步行到离家不远的济华医院。

住进病房，我像住进旅馆似的。真的，在走来的时候，我也只像赴宴会一样的，或者说像熟练的医生去治一个小毛病一样，全不惊慌，全不悬虑。

当然，我曾联想到七八年前所住的医院和那次住院前后的连续六年余的大病的片段，虽然这次住院也是那场大病所延续下来的后果，但是我所联想起来的，如微弱的浮光掠影，并没有使我有什么感触。好像既然我已经把那场大病的种种细节耕种似地收藏于稿纸之中，就好像收藏于冷藏库之中——既然已经保存得好好的，就不须再费一点心思去念及了。那些事也似乎自己结成了冰，和这次住院截然成为两截，而并不贯穿一气似的。

母亲笑向我说：“呐，把你的那什么‘记’再续下去呀。”但我觉得这好像是另一回事了。

病房是二零四号。整个二楼只有我这间和另外一间有病人。在昏暗的灯光底下，在四面全部被白色包围的夜里，分外觉得冷冷清清，在荒山古寺里一样。护士手中的篮子里的玻璃瓶一路轻轻地“切嚓，切嚓”碰击发响的声音，在门外自远而近又自近而远地经过的时候，更觉得它震响出一种凄清、孤寂的情景，叫人心意冰凉。

这天晚上，我照例被灌了肠，照例不好受得很。

第二天，早上稍稍吃了点东西，从此照例要绝食到手术之后。我跑上跑下，走走，看看，晒晒太阳。喝了点水。

动手术是下午三点。头一天任医师来看过我，摇摇，摸摸，这右腿的毛病据他说是兼有弯曲、内转、内阖这三种病状。弯曲是大腿骨上斜有三十五度角，放不下去。内转大概不太凶，内阖就是往里倒。假使延鼻尖画下来一条中间线，右腿已倒过这条中间线，要用手扳才扳得回一点。

他这次治疗法也是：施全身麻药后，用大力硬扳硬拉。他说：施这种整形治疗可能要两次或三次的手术才成功。“成功”并不是说一如常人。较好的疗法是开刀，重造已经变形的股关节，成固定关节，那可以一如常人，不过缺点是大腿笔直不能弯曲了。不过，他说，采用这种关节重造疗法也得先“扳”和“拉”的。于是“扳拉法”假如不求彻底的话，那等于“目的地”；假如求彻底的话，那是必经的“过渡”。总之是必得——在他是做，在我是受的。

下午二时多的时候，护士来替我打了一针，说是强心针，但是我反而神志昏昏不爽起来，便躺着。不多时，院役便来抱我并放我到他们抬来的帆布担架床上。

我虽然本能地紧张一点，心里或许还微微一震，但是这时我还是不慌，不乱，不在乎，好像是对某一事知之有素的行家，也好像是久历战阵的兵士。

任医师原来早已“埋伏”在手术室中，我才被连担架床放到手术台上，他就卷着袖子出现了。担架床的四边的杆子抽掉了就成了一块抬布，我就仰睡在这上面，被剥掉衣服，周围都是白衣白帽的人。这时我有一点暗暗的、不新鲜的心跳，大半原因是感到孤立无援，假如有一个亲属在旁边，我相信我的心不会这样跳，应该会跳得轻微一点。手术室中那些事和感觉，经过都是很短很快的。我刚看见任医师的助手的时候，她就不知用什么东西闷头闷脑地往我脸上——不知是一“盖”还是一“罩”。

我要说的奇异之境就是这以后的事：

那个不知什么不知是“盖”还是“罩”在我脸上之后，我眼前是一片莫辨东西、昏天昏地的闷黑。我自然而然地生起了一种恐怖心理，好像处身于不见五指而危机四伏的深深的黑暗之中。我想，假如他们不蒙住我的眼睛，我一定心安得多。明白的惊险一定比暗夜里令人提心吊胆的阴谋要好受得多。但是他们不这样做。不过我还是镇定的。

在这些事和这些感觉的同时，我嗅到一种特别的气味，我似乎意识到这就是麻药了。后来据护士说，那药是液体的，滴到鼻孔即成气体。一共用了四两。我又听到他们在说："手绑不绑。"他们大概拿了绷带来，我自己把胸腹部挺高，让绷带从背底下穿过去。我觉得两手被绑在手术台两边。气味越来越浓了，本来已经又闷又黑的空气再加上这非常刺鼻而且令我窒息的气味，真是要命。那气味不知是辣是酸是香还是……这也不是能说得出来的。我只觉它直冲头脑，最先是鼻窦和前额一带最难受。我的鼻孔本能地拒绝了呼吸，头颈也想转动，避开。但这都是徒劳无功的事。肺在自然地扩张，扩张，要求空气。我只能断续地一下一下往里吸，喉咙自然而然地咕噜咕噜地响，表示拒绝。这时我的耳朵还能听见有人对我说："弟弟，要是不好闻你吐出来好了——呼，呼，你吐出来我闻，我欢喜闻！"我只觉得越来越窒闷，呼吸这种空气同不呼吸一样，都有断绝生命的难受。我一大口一大口地吐出来，但相对地换到一大阵一大阵更浓的气味钻入鼻孔。结果，我不由自主地猛烈地大呼大吸起来，好像一个渴极了的人不顾一切地痛饮鸩酒。这时我听见（还辨得出是任医师）说："慢一点，慢一点，那么急干什么？"

我的神志在初闻到那种麻药气味的时候就有些醺醺然，——似乎是某一部分有些醺醺然，其他部分则因紧张而分外清明。那其他部分在敏锐地警觉着："……呀，麻药……鼻子，头……喉咙也非常刺激，呛得难受，非常辣似的。我要叫自己昏迷过去之后不要乱动乱嚷，假如会这样的话。呀，非常气闷，非常窒息了，换不过气来了，要断气似的了。我要哭，要叫……黑，闷，眼前金花迸散。任医师还在说话，怎么回答……"

这以后就是完全的昏迷，或者说死。

在这完全的昏迷或者死之前的最短一刹那，我头脑中所残存的最薄、最小、最弱的迷迷糊糊的感觉是：似乎有什么在努力奋起要作最后的挣扎，但即刻被洪流一样的麻药的浓雾一下子訇然冲倒。与此同时，大概在眼睛那儿，似乎有什么在旋转。像石磨吧，沉沉地压着，重重地、快快地旋转，旋转。在这旋转之中，似乎“看见”有什么疯狂的无形体的东西在疯狂和猛烈地喘气，吸气，吐气。与此同时，大概在耳朵那儿，似乎有一种什么声音，由洪大而收缩到细小，但绵长不断，一直延长到上述最后的一刹那。在那最后的一刹那，那声音似乎又变响，变怪。难以言表那是什么声音，好像是长长的哀叹，好像是浴缸的水在放到末了的时候那“豁——”的一声，或者——是灵魂的破裂声吧？

那些感觉好像并不是我的，却好像只是单独存在，单独感受的一种东西。

唉，在那上麻药之后和全然昏迷或者死之后的一段时间里，那奇异之境里，什么是“我的”呢？什么是“我”呢？

唉，什么是“时间”呢？什么是“境”呢？在那奇异之境里，这一切都是否定的。这一切都是“虚无”，这一切都是“没有”。我现在在讲述它，讲述那些事，不过是自觉我是在“活”着，那些事是“我的”“过去”的事，我“已经”离开那奇异之境。

我知道一定有一天我再也得不到那种“离开”。我知道这不单是我，而是每一个人，每一个生物或非生物，每一个“一切中之一”，都一定有那“一天”的。是的，我是指真正的死亡，我相信那奇异之境就是死亡之境。这并不只是纸上所谈的话，也不是一种说说就算了的话，这是一定会发生的，我，以及每一个人……

一定会发生的，每过一天不过是靠近一步。

所谓“人”，所谓“我”，所谓“活”，多么奇怪啊。

想起来就有些空幻之感。

我知道，对于这种问题，谁也没有完满的、能使人心悦诚服的解答，也根本没有一个能“自圆其说”的理由可以揩掉我这空幻之感。

但是，我知道人都有一个不易打开的“遗忘”的宝匣。常常有许多东西，不管我们要或者不要都掉在那里头，我的空幻之感，以及引起空幻之感的因素，将会自动掉到或者被我推到那里头去的！

那么我就可以故作轻松地去觅取快乐和勇气——这“据说”是好的东西——了。

我的严重的疾病改变了我的人生道路，不知漫漫前途会是什么情况。我的严重的疾病使我终身残疾，道路艰难是肯定的。但是我幸运地或者说不幸地从那个奇异之境，或者说死亡之境里脱险生还了，我觉得自己对于人生有所感悟。以此，我会好好地活下去，好好地利用来之不易的时日，而不白白浪费。

老师，我说了这么多，你要厌倦了吧？那些事和感想像水蓄积在头脑中，一下开了闸就不知所止了。

我竟然还想把那些事和感想仔细记录下来，续在你在替我审阅的我那本《药渣》之后呢。老师，您看可行？

恐怕是狗尾，是蛇足，更不像样了吧？呀，我说“狗尾”，并没有续“貂”的意思。

不尽欲言，容再上。敬请

教安！

学生

钧陶敬上

一九五〇年四月二十日

跋

时间真是一个奇妙的东西。据说时间是在一百五十亿年前“创世纪大爆炸”的时候开始的。无中生有的“创世纪大爆炸”从空无所有之中产生了所有的物质、能量、空间和时间。

随着时间的难以想象的漫长的进展，产生了地球、生命和人类。

时间对于我这样一个极其渺小的人来说，同样起着一种不可思议的作用。一转眼功夫，我已经在世上生活了九十年。时间把我从一个呱呱坠地的小生命变成童年、幼年、少年、青年、中年到老耄之人。这是身不由己的事，尽管我不知不觉，尽管我心有不甘，我还是变成了这样一个老态龙钟、老弱病残的模样。我并不悲伤，也不追悔。阅世已经数十年于兹，自然会很现实、很理智以至很坚强地对待人生。人生就是从生到死的过程，而过程就是时间的“脚步”，如此而已。令我迷惑不解的是这是怎么回事，为什么会如此这般。这是无法解答的。事实就是这样，人必须现实地对待现实。

在我面前的这部文稿《药渣》是七十年前的一个青少年写作的。骨结核病击倒了他，使他卧床六年之久。在几近绝望的时候，他忽然萌发用文学的形式，写下其身受的苦难的想法。算是在人间留下痕迹吧。他投入全身心，闭门苦思，费力地写着、改着，花了二年时间。在接近完成这个或许徒劳无功、没有价值的工作的时候，奇迹出现了，一件新发明的药物挽救了他，把他从死亡的边缘拽回到人世间。于是，这部文稿没有成为遗著，而成为他封存了七十年的习作。

七十年的时间啊，这个世界发生了多少变化！我们中国经历了多少惊天动地的事情！日本侵略军蹂躏半个神州大地，成千上万的同胞家破人亡。我们的抗战接着成为第二次世界大战的一部分。抗战胜利，接着是党领导的三年解放战争，终于成立了伟大的新中国。接着是翻天覆地的政治运动，直到现在出现的改革开放的大好局面。

这些都是时间的长河里的奇妙的浪潮。

在这样的浪潮里，或是汹涌澎湃，或是海啸滔天，一个人是多么渺小，多么微不足道。何况是一个无知无识、体弱多病的青少年和他的“作品”呢？因而，这样的东西，被时间的尘埃埋没和毁灭是理所当然，毫不足惜的。

特别是那场历时十年的毁灭文化的“文化大革命”。那时候，这个幸存的病人已经是年届四五十岁的中年人了。他被多次抄家。片纸只字都有可能成为“反革命”罪证的可怖时期，这个“敌我矛盾作人民内部矛盾处理”的“处理分子”自身难保，又怎么能保厚厚的十多万字手稿呢？这部手稿除“正本”以外，还曾由母亲、婶母、弟弟分头抄了一部“副本”。风声很紧的时候，的确自行毁掉了一些日记、信件、译稿、英文习作稿，甚至旧时的纸钞和邮票等等。最后，最舍不得撕毁、焚毁的就是这部《药渣》。风声更紧了，不得不忍痛开始一张一张撕掉“副本”（但未撕完），掩耳盗铃一般，把“正本”深藏在床底下的衣箱下的衣箱里的底层。竟然就这样糊里糊涂地躲过一劫，尘封了几十年。这恐怕也能算是奇迹吧。

上面所说的那个青少年，那个中年人，他就是我。今天在灯下边想边写的老翁，白发苍苍，老眼昏花，行动不便，体弱多病的老翁，我就是他。这不也是奇妙的时间所变幻的把戏吗？

他就是我。几十年来，我已经“好了伤疤忘了痛”，而为了把旧稿公之于众，我不得不仔仔细细地一遍一遍校改这部惨雾愁云的“回忆录”，真使我心惊肉跳，黯然神伤！

更使我难过的是，那许多年为我日夜操心，耗费许多精力和金钱的父母亲已先后过世了。我们兄弟姐妹共八人，我是老大。在那个乱世，虽然父亲收入不低，但是要维持一个食口众多的家，真是很不容易。还要千方百计挽救我的生命，我曾经给父母亲增添了多少困难和烦恼。这些歉疚之感是我此时阅读和回忆中越来越深地体会到的。追念先人，怅惘莫名！

祖父母、三叔和婶母、四叔、姑母、姨母，我许多长辈也一个个谢世了！

时间的长河不停地流逝，人世间的变化谁都无能为力啊！

《药渣》只是我从十六岁到二十二岁的一段病痛的纪录。如果算是传记，那是很不完全的。十六岁之前，虽然多病，还算是幸运和幸福的。二十二岁以后直到现在耄耋之年，我在时间之河里又经受过许多风波。我没有详细地记录下来，也没有系统地回顾，而且可能不打算絮絮叨叨地作纸上交待了。人贵有自知之明。我是个小人物，从来没有做过大事情，除了一辈子与纸笔为伍，完全算不上什么“成功人士”。我写我自己，只是一吐为快，除了我的亲友，恐怕没有多少人感兴趣。

我写《药渣》，本来想把它作为“遗著”。大难不死之后，我大概想过把它作为进入文学圣殿的“敲门砖”。几十年过去了，我依然故我，事实说明，我只能算是始终不渝的文学爱好者，而不能成名成家。我已经“知天命”了。

“大难不死”连下来四个字是“必有后福”。这是谚语，约定俗成，不该否定。但是对于我来说，我觉得这不过是一句宽慰“遭难者”的话。因为我在大难之后，又遭到不少的大大小小的难。我的遭遇告诉我：“大难不死，还有后患。”

先说病吧。一九五二年，我又经受过一次磨难。著名的整形外科医师屠开元为我在今淮海路上的虹桥疗养院做了右腿股骨头整形再造手术。这是大手术，费用也很贵，五百元。股骨头开刀后尚未收口屠医师便再一次用手矫正骨骼，使我痛彻骨髓。但后来我虽未如常人，却能不用拐杖跛行了。父母亲带我去他家送了一个银盒，上面刻了“跬步不忘”的感谢辞。

一九五八年大跃进时期，我以戴帽之身，紧张和劳累过度，因全血尿去中山医院急诊。检查结果是肾结核，左肾必须切除。由章仁安和一位何医师主刀切去左肾。我至今是一个“独肾者”。

一九九五年，应石家庄河北教育出版社之邀，参加“世界文豪书系”讨论会。这是我很少出门远行中的一次。不料讨论会临结束时，忽然患病，呕吐不止，急返上海，华山医院医师诊断为肠梗阻，由陈丽莉医师主刀，剖腹切肠取出结石。这也是一次死里逃生的经历。

除了这些荦荦大端之外，疱疹、痛风、白内障、心血管病、关节炎等等中病、小病接连困扰，我成了医院常客，何福之有？

再说“丁酉帽灾”，“文革”牛棚这些灾难，我都没有幸免。凡是经历过这样的狂风暴雨的同胞们都多少知道这是怎么回事，不说也罢。

如果要写我活到九十岁为止的自传，大体上就是这些琐琐碎碎、不堪回首的故事。没有辉煌，没有高峰，没有轰轰烈烈的业绩，也没有引人入胜的情节，千千万万普普通通老百姓平平淡淡地度过的一生，大概也差不多如此这般吧。不过我受到的折磨也许多一些，早就该死而没死的命运也许特殊一些。

细细一想，我还是说错了。普天之下受苦受难、呻吟在生死边缘的病人何止千千万万。人类花了几千年时间，在大家生活的大地上创造了许多奇迹。在许多场所那真是一个叫人流连忘返的乐园，但是不能忘记同样生活在这个大地上正处在水深火热之中的人群！据知全球每天车祸就有三千人死亡，我国各类残疾人就有八千二百九十六万。加上永不停歇的战争、杀戮、罪行、贫穷、饥饿……加上火山喷发、地震、海啸、飓风、洪水、旱灾等等，有心人都能知道整个世界并非安乐美丽的家园，所谓“新千年”还远远不是可以心安理得地尽情享乐的时刻。

《药渣》写于敌伪占领上海时期。我没有写出当时的社会背景，一是身困病榻，与外界几乎没有接触，二是当时环境难以畅所欲言。我写的年份用“民国”，现在一仍其旧，以存其真，并未虚构。路名等也是当时的旧名。医师姓名都是真实的，并未虚构。我想没有构成对他们的不敬吧。药名等，同样没有改动。记得我是根据当时自己的日记写的，想不会念错。日记等“档案”已毁于“文革”。“文革”以后我限于精力，不再写这种“生活账”了。

《药渣》最后一章“不尽欲言”（暗示其后的日子还有许多话要说）是给邢鹏举先生的一封信。邢先生曾任上海私立师承中学校长。他毕业于光华大学，做学生时，就写了《西洋史》《中国近百年史》，翻译过《波特莱尔散文诗》。他也写新诗，办诗刊，诗风接近“新月派”。我的五姨母在师承中学教生物。我初中二年是在师承中学肄业的。邢先生看过我的《药渣》，颇为赞赏，特为我写了一篇很精彩的序。可惜此文在“文革”时被我撕掉了！他在解放初期与我五姨母一同去沈阳某中学任教。不知哪一次运动中，他因历史问题被捕，送往北大荒，终因病去世。

草婴先生是我多年师长与好友，生前曾为之写序，使拙著增色，谨致深深谢意！

最后需要交代的是，《药渣》在周莲女士和韦泱先生的帮助下，曾于十年前编入我的一本散文集《留影》，用的是境外书号，作为自印本，自然印数很少，大陆见到此书的读者就十分有限。我曾经犹豫，拙作是否有公开出版的价值，是否值得浪费纸张。然而，因友人的鼓励，我也就释然于心了。我国每年出版书籍几十万种，就让我这本小书在书的海洋中自生自灭吧。“知我者谓我心忧，不知我者谓我何求”，我了却心愿便能无憾了。

时间是奇妙的，也许有始有终，也许有始无终。人类在时间的长河中载沉载浮，经历喜怒哀乐，尝味甜酸苦辣。感觉上是漫长的，事实上是短暂的。很快都会过去。

我这个老迈的衰翁当然不久也要被时间带走。既然我还活着，既然我已经写下了自己一部分的经历，既然我能遇到一生难逢的机会可以印成书籍，拿出来献丑，我为什么不呢？我想，对于辗转于病痛中的同类，如果偶然读到拙作，也许能作为借鉴，觉得人的生命力是顽强的，可以与病魔一搏。也许真是不治之症，医治罔效，是否能从中感悟一些生老病死的哲理，从而得到一些安慰呢？！

吴钧陶

二〇一七年九月二十八日再次将全稿改定

附录

我所认识的吴钧陶老师

韦　决

一位九旬老人，踽踽而行，跛着脚，一高一低，双手紧攥着残疾车把，在卧室兼书房兼会客的“三合一”房间内，一步一步艰难挪动。取一本书或一叠纸，都不那么容易。如果阳光好的话，老人要到屋外晒晒太阳，还得经过不短的走廊。更要命的是，楼梯拐角还有六级台阶，像只拦路虎似的。如果没人搀扶，真比登天还难。

习惯了。老人如是说。他乐观地面对这一切。自从十几岁因病而残，他就没有向命运低过一分钟的头。他靠自学成为翻译家，成为诗人，被中国翻译工作者协会授予“中国资深翻译家”荣誉称号。

他就是吴钧陶，原上海译文出版社编审、中国作家协会会员、上海翻译家协会理事。

他很欣赏贝多芬的一句话：“我要扼住命运的咽喉，它将无法使我完全屈服。”

于是，他战胜病魔，创造了人体生命的奇迹。于是，他文学翻译与创作成就斐然，创造了艺术生命的奇迹。

《药渣》，第一部自传体长篇纪实文学

原以为，吴钧陶作为翻译家、诗人，他的第一部作品不会超出这两个范畴。恰恰不是。他的第一部作品是以小说笔法写的自传体纪实作品，书名叫《药渣》。从一九四七年十月开始动笔，到一九四九年八月十八日完稿。共分二十一个章节，且看第一章节《入笼》的开端——

护士小姐走进二〇五号病房。

橐，橐，橐，起先一阵步履声，接着我们眼前一亮——白色的她，一手挥着体温计，停在门前，似乎是惊奇地看了我们一转。

病房中，母亲坐在陪侍床上，祖母和四叔各坐在椅子上，弟弟和我站在一旁，正在相互细声闲谈（细声，为怕撞碎这儿的宁静），病床却是空空的。

那么——

“谁是病人呢？”她好像在问。

我走过去，她指着病床叫我躺下。正待躺下，她又止住了我，从床头掀起被单，——原来那不是被单，是用来盖的算是“单被”。

我脱了鞋，舒服地躺下了。呀，我没有料到就这么容易地入了笼。

文笔如此老练，不像出自一个二十来岁的小年青之手。

关于《药渣》的写作缘起，作者在《自序》中写得很明白，不用我饶舌，就老老实实再做一回“文抄公”吧——

既然我已经费了很多的时间，很大的精力，从倒出去的“药渣”里，提炼出了这十多万字的“病情报告”，无论好坏，我还是希望它能发挥一些作用。

假如身体从来都很健康的人，能从我的记录里，了解一些病弱者的痛苦，从而珍惜和爱护自己的身体，同时对别人的病痛产生较多的了解和同情；假如医师、护士、医药界其他各位，能从我的记录里，更能知悉他们服务的对象生理上的种种情况，心理上的种种活动，从而得到在医疗手段和态度上的一些启发；假如一些分散在大地各处，曾经或正在挣扎于病痛的水深火热之中的病友，能从我的记录里，得到一些安慰，产生一些勇气，或者触发一些面对生死的感悟，那么——我就觉得自己的纸上谈病的辛勤劳动并不完全是白费心思了。

吴钧陶这部写于七十年前的《药渣》，一直“藏在深闺中”，密不示人。但作者珍爱他创作上第一个“宁馨儿”，除了唯一的手稿“正本”之外，还由其母亲、婶母、弟弟分头抄录了一部“副本”。从五十年代到“文化大革命”，被一次次政治运动搞得胆颤心惊的吴家，自行毁掉了家中的日记、书信、文稿等，甚至旧时的纸币、邮票，但唯一想保存的，就是这部《药渣》。在风声更紧的日子里，家里要他试图先撕掉“副本”，一页页像撕着自己身上的皮肉，真正体验着“切肤之痛”的滋味。而完整的“正本”，始终静静地躺在床底下，一只衣箱的最底层。

终于，《药渣》原稿逃过“文化大革命”灾难性一劫。

吴钧陶出生于安徽贵池的一个儒商家庭。他一九二七年四月十一日呱呱落地时，父亲吴曦春还远在上海光华大学读书，母亲王秀岑婚前则就读于省立女子师范学校。由于长辈求孙心切，两个还没毕业的年轻人就遵父母之命，早早结婚了。婚后不久，父亲回上海继续读书，母亲却发觉自己怀孕了。为了能继续读书，她用宽布条绑紧渐渐隆起的腹部，直到无法掩饰，才休学回家。

也许被绑布裹得太久，吴钧陶生下来就软弱无力，似乎先天不足，由母亲精心抚养。因祖父在青岛华新纱厂任总经理，吴钧陶六岁就随母亲到青岛，读了一年后，因父亲入职上海中国实业银行，又与母亲来上海定居，转学至伟达小学读二年级。后进入英租界内的工部局北区小学，开始读三年级。这个学校实行的是英式教育，英语教学气氛浓厚，吴钧陶得益于此，并由此打开了走向英语世界的大门。

不料，吴钧陶八岁那年，突然发热、咳嗽不止，经医院诊断，他患上了麻疹。此病治愈不久，他又患上了结核性痔漏，虽不严重，却久治不好，纱布和药膏一直伴随着他，期间因父亲调往青岛的中国实业银行工作，他们全家迁往青岛生活。

一九三七年抗战爆发，为了避免日寇掠夺，大老板周志俊决定将华新纱厂拆迁到上海英租界莫干山路，建立信和纱厂及信孚印染厂，分别由吴钧陶的祖父和父亲总管。他们全家老小也同时迁回上海。吴钧陶在居家附近的中和小学、有英小学完成六年制小学学业。一九三九年进师承中学，初二时，由于上体育课时的剧烈运动，昔日伤口开裂，细菌侵入化脓，持续发烧，不得不继续与纱布、药膏为伴。经痔科专家诊断，吴钧陶患的是骨结核病，决定开刀。手术后，病情并不见好。一九四一年十月，刚读初三的吴钧陶不得不辍学。之后，他又进行第二次手术。术后一个多月，右腿创伤处感染面不断扩大，蔓延，以至于右腿萎缩无法伸直，明显地比左腿短了一截。十五岁那年，因结核病菌进入右髋关节，导致右腿残疾，无法正常行走。吴钧陶医院、家里两头住，以坚强的毅力，一边卧床治疗，一边跟着广播自学英语。

一直到一九四七年十月，吴钧陶仿佛觉得，自己的人生快过早走到尽头了，即使自己不久于人世，也应该把几年来的治病过程写下来。于是，每天他趁精神好一点的间隙，就端坐床头，背部垫上枕头，在胸前架一块小桌板，开始一字一句写作《药渣》。两年后，在与病魔的抗争中，完成了这部自传体纪实作品。

这期间，吴钧陶熬过了两千多天的治病苦痛，身上出现七个流脓的伤口，看过二十多位医生，尝过五六十种苦药，扎过五六百次针剂，受过一千多天完全不能下床的禁令。那时，开一个刀，大洋五百。吴钧陶家境殷实，是父母用金钱、用爱心，把他从死亡线上拉了回来。

时下有“官二代”“星二代”之说，而吴钧陶的祖父曾任安庆造币厂厂长和华新纱厂总经理，父亲担任过银行高管，后担任信孚纱厂总经理，可说他是“富二代”了。然而，他却走上了一条艰难的文学之路。

《药渣》所写下的六年病史，仅仅是六年。用吴钧陶自己的话说，是“大难不死，还有后患”。

一九五三年，他在淮海路上的“虹桥疗养院”（今徐汇区中心医院）做右腿股骨头整形再造手术，医生开刀后以手工矫正骨骼，令他痛彻骨髓。

一九五八年，他以黑六类“右派”的身份，免于处分，戴帽改造。因要争取早日摘帽，劳累过度而大血尿，经诊断是肾结核，一刀切除了左肾。

一九九五年，赴河北石家庄，参加“世界文豪书系”讨论会期间，突然呕吐不止，急返上海，诊断为肠梗阻，开刀取出结石。

相比痔漏、骨结核，带状疱疹、痛风、白内障、心血管病、关节炎等，已是“小巫见大巫”了。如果以后要把这些病历都一一记叙下来，就不是十万字的篇幅，而是几十万字的长篇纪实文学了。有记者采访吴钧陶后，以《病历多于学历》为题作了报道。其实他中学都没毕业，学历等于零。而病历从四十年代至今，堆满了几抽屉。他除了“著译等身”，还可说“病历等身”。

六十年后，已经八十老翁的吴钧陶，忽然想起家里还藏有一部“鲜为人知”的《药渣》，于是，翻箱倒柜找出来，请年轻朋友周莲女士输入电脑，又与其他一些文章放在一起，编成一册《留影》，弄了一个境外出版机构的书号。二〇〇六年，周莲掏钱为吴钧陶印了若干册，分赠友好，看到《药渣》的人，就十分有限。

虽然，《药渣》没有在大陆正式出版过，可它是吴钧陶作为“遗著”写下的第一本辛酸之作。他和朋友们都希望，日后有机会的话，应该让它正式问世，让更多的人读到它。

写完《药渣》，吴钧陶对自己的文字表达似乎有了自信和底气。想着以后是否可以从事文字工作呢？正巧，父亲有个朋友叫王季深，盘下一家小出版社，取名却不小，叫“太平洋出版社”，其实是“夫妻老婆店”，既缺资金又缺人手，要吴钧陶父亲投资。父亲便提出让儿子到出版社当个编辑。王老板十分乐意，吴钧陶便第一次当了编辑。这家出版社，只是开在自己家里的“小作坊”，但老板却志存高远，策划了一套“新少年传记丛书”，传记人物包括鲁迅、高尔基、列宁、斯大林、居里夫人等中外名人。吴钧陶也分到三个选题，他不用出门，坐在家里自写自编，于一九五二年十月出版了《高玉宝传》，第二年又相继出版了《卓娅传》和《马特洛索夫传》。他手中的笔，从自己的传记文学到写别人的传记文学，显然是一次难得的创作演练。可这家出版社实在太小，不但编辑无固定工资，连写作出书的稿费也是低得可怜。父亲忧心忡忡，如此下去，儿子怎能自食其力呢？

父亲闻知，朋友开的一家进出口公司，因英文秘书生病缺人，这样，父亲就让吴钧陶接替了这个岗位。工作还算清闲，打打英文，发发电报，向海关传送报价单等等。如此吴钧陶衣食无忧，可实在无劲。唯一的好处，是在业余时间弄弄英文，衔接上了当年在工部局北区小学读到的英文，既派上了用场，又有了温习与提高的机会。但这点英文杯水车薪，很不解渴。于是，他参加了外籍教师克莱顿开办的英文补习班，还跟着广播电台学习俄语。为检验自己的学习效果，他时不时找一些外文来翻译，或用英文写写短文，算作自娱自乐兼自修吧。

自学英语，就这样起步。直到今天，吴钧陶常常对外孙谢丰年说，你在五星级酒店工作，外语是最重要的。在吴钧陶的言传身教下，外孙也靠自学，掌握与老外密切沟通的本领。

《圣诞欢歌》，第一部出版狄更斯翻译作品

一九五五年五月，吴钧陶翻译的狄更斯中篇小说《圣诞欢歌》，由平明出版社作为“新译文丛刊”之一出版。这是他的第一部中文译著。

说起这部译著，就要说到文学大师巴金先生。

吴钧陶在克莱顿英文补习班学习时，有个同学叫周植庸，其父周孝怀是四川人，曾任民生轮船公司董事长，与巴金是故交。周植庸知道吴钧陶喜欢文学，便对他说下次去巴金家带你一起去。这样，在一九五二年四月，一个风和日丽的春日，吴钧陶随周植庸来到淮海坊 59 号巴金寓所，受到巴金与萧珊的热情接待。听着周植庸与巴金用四川话谈得热络，吴钧陶也深受感染，大作家巴金，竟没有一点架子啊！崇敬巴金的情感油然而生，更坚定了吴钧陶走文学翻译写作之路的决心。

不久，吴钧陶从父亲不多的藏书中，找到一本英文小说《A Christmas Carol》（即《圣诞欢歌》），这是一九二三年由麦克米伦公司印行的“公立学校读本”。吴钧陶初生牛犊不畏虎，硬是花了不少时间，费劲地一字一句闷头译了起来。后来，他还斗胆拿着这部八万字的译稿，找到位于上海福煦路上的平明出版社毛遂自荐，接待他的是平明创始人巴金先生的弟弟李采臣经理。译稿自然因质量平平而未被采纳。没想到的是，过了不几日，喜从天降，李采臣竟找到吴钧陶的家，询问他是否愿意进平明出版社工作，并让他交一份中英文简历。在简历中，吴钧陶陈述了自己靠顽强自学打下英语翻译基础的经历。也许简历本身能打动人，又因言辞朴实恳切，富有文学色彩。巴金和李采臣都表示愿意接纳他入平明出版社工作。吴钧陶便辞去了进出口公司的工作。于一九五二年进平明出版社后，社里对他十分关心，还过问起他的那部八万字的译稿，希望作一番修订后，由社里安排出版。这就是《圣诞欢歌》得以出版的来历。

《圣诞欢歌》诞生距今已一百七十多年。原著于一八四三年由查普曼和霍尔公司出版，首印六千册，售价五先令，相当于今日二十一英镑，热销于当年圣诞节。以后，此书长销不衰，共印了二十四版。这是狄更斯的一部中篇小说，主角是一个吝啬、自私、待人刻薄的商号主私刻鲁挤。圣诞前夕，他的已故合伙人马荣的鬼魂出现，告诉他自己生前同样自私自利，死后又如何追悔莫及等等，终于说动了私刻鲁挤，使他一夜间变成了一个宽厚仁慈、乐于行善之人。狄更斯在小说中借助可爱的鬼魂来宣扬他的思想，强调仁爱、宽恕、慈善这些品德的重要。美国传记作家艾德加·约翰逊说“这是一部拯救社会的半带严肃、半带滑稽的寓言”。一百多年来，《圣诞欢歌》被译成许多国家文字，广为流传。在我国，解放前曾有商务印书馆的印本，据说诗人方敬也译过。一九五五年这一年，吴钧陶的平明译本，与汪倜然的译本同时出版。汪当年任教上海师范学院，他上世纪二十年代开始在《小说月报》发表译作，译著有《天才底努力》《心灵电报》，以及高尔斯华绥喜剧三部曲《白猿》《银匙》《天鹅之歌》等。他的《圣诞欢歌》出版单位为上海文艺联合出版社。第二年公私合营，这两家出版社均并入新文艺出版社，吴钧陶也进了新文艺出版社。当时，该社打算再版《圣诞欢歌》，吴译与汪译两种版本，选哪一种却让社里颇犯难。总编辑包文棣找吴钧陶商量，决定出版汪译本。不过，吴钧陶的译本在八十年代后期也由我国漓江、浙江、山东、台湾等多家出版社再版发行。前几年，吴钧陶又改用《圣诞颂歌》为译名，由北京时代华文出版社作为“时代图文经典”丛书之一再版。

《错箱记》是吴钧陶另一部早期译著。尽管他身患残疾，却常常艰难地出没于沪上襄阳路、善钟路(今常熟路)各家旧书店，还不时遇见巴金、陈西禾、李俍民等作家、翻译家。这里插一句，由于他酷爱淘书，九十年代中期被评为“上海十大藏书家”之一。可在五十年代，他因工作不久，经济不宽裕，专淘价廉的外文原版本，其中就有史蒂文生所著《The Wrong Box》（即《错箱记》）。他在一本谈外国文学史的书中了解到，此书内容精彩，却少人问津。他便买了下来准备翻译。巧得很，《牛虻》译者李俍民不知道吴钧陶已购此书，竟然也购得一本赠与吴钧陶作翻译之用。此为文人相亲生动范例，值得记一笔。

再说《错箱记》作者史蒂文生。他是十九世纪末叶英国新浪漫主义的代表作家，他的小说充满着浪漫、传奇、幻想的色彩。《错箱记》出版于一八八九年，是史蒂文生和他的养子劳埃德·奥士本合作的三部小说之一。这本书不同于他的其他作品，写的不是海外奇谈，也不是荒岛探宝，而是围绕一笔金钱展开的一出闹剧。三兄弟由父亲出钱，加入一个养老金组织，并规定谁最长寿将得到这笔钱。其间，演绎出哭笑皆非的场景，暴露了一些人灵魂深处的肮脏。最后，整个故事以皆大欢喜的结局，给世人作了规戒与警醒。由于小说构思巧妙，结构完整，兴味浓郁，文笔生动，在幽默小说类型作品中，是一部不可多得的文学精品。无怪乎此书在美初版后，一再重印。因为读者从书中得出体会，在金钱万能的社会里，人与人之间的关系也会变得荒谬和愚蠢，可笑和可怜。吴钧陶翻译此书时间上比《圣诞欢歌》稍早一些，出版却在其后六个月。此书系与姚叔高一起完成，共同署名，于一九五五年十一月列入上海文艺联合出版社“史蒂文生选集”之一出版。姚叔高原为律师，由于建国后旧律师一律改行或失业，吴钧陶父亲建议他不妨从事翻译工作。这样，姚叔高在吴钧陶翻译初稿上，进行修改校订。后来他受北京国际关系学院聘请，前去任教国际法课程。上世纪八十年代初，《错箱记》在重版时，吴钧陶为之写了《译者后记》，结尾写道：“当时上海文艺联合出版社要出版好几本史蒂文生的作品，姚叔高教授和本人合作完成了这本书的翻译，并于一九五五年出版，以后又由新文艺出版社重印一次。姚教授毕业于清华大学和美国耶鲁大学，是一位法学专家，在英文方面，本人得到他很多教益。不幸，他已于一九七八年、七十八岁的时候病逝。想不到译本初版二十多年后的今天，云南人民出版社希望修订重新出版此书，修订工作只得由渐入老境的本人来独自完成了。人事沧桑，令人感叹。这次增译了二篇序文，增加了这篇译者后记，以期对读者了解史蒂文生、奥士本及本书有所帮助。这些有关史蒂文生的材料都是在译本初版以后，本人留意搜集到的。经过'文化大革命'的十年浩劫，居然能失而复得，真是一件幸事。”说到五十年代的重印，倒有一件小事，可作出版史料存阅。当年文艺上信奉苏联那套“社会主义现实主义原则”，并以此来衡量一切文艺作品。《错箱记》显然不符合这一标准，但时任新文艺出版社社长蒯斯曛却毅然批准重印此书。对此，吴钧陶一直铭记在心。后来在一次政治运动中，有人贴出大字报，说社领导庇护吴钧陶，他翻译的“资产阶级二流作家的二流作品”，违背了“社会主义现实主义原则”。好在翻译不是原创，此事便不了了之，没有酿成重大政治问题。

作为国内资深翻译家、诗人，吴钧陶除早期的两部译著外，他还译有《维莱特》《狄更生诗选》等。

《悼亡婴》，第一次发表诗就划为“右派”

文学青年爱上文学，大抵是从诗歌开始的，吴钧陶也不例外。可是，他悄悄涂下的诗句，从不投稿，只给三两好友看看。

一天，他的同事陆清源（笔名海岑，其父为民国小说家陆士谔）对他说，你的这些诗挺不错的，我选了几首，替你寄给杭州的《浙江日报》编辑朋友，能否刊用倒也没有把握。吴钧陶听后，很是感激。不久，该报《初阳》副刊版面上，先后刊出了这些诗，包括《悼亡婴》《童年》《走向生活》等。

第一次发表诗歌，当然带给吴钧陶愉悦的心情。可哪里知道，几天后，也在这个副刊上，出现了一篇题为《背后的冷枪声》，把吴钧陶的这些诗说成是向党放的“冷枪”，说《悼亡婴》第一句就含沙射影，“百花齐放，百家争鸣”这八个字，在诗里被隐喻为“才生，就死”，污蔑这个方针要结束了。这是“反党反社会主义”野心的大暴露。这些诗的背后，是阴暗、反动的“冷枪”。其实，这首诗是吴钧陶对于一个早亡婴儿的有感而发，是对人生的感叹：“才生，就死 / 结束了刚开始 / 你，只在生命的琴键上 / 铮然一弹……”

可是，一九五八年四月的一天，在出版社召开的全社职工大会上，一下子揪出了十个“右派”：李兰、刘哲民、秦鹤皋、陆清源、叶麟鎏（鹿金）、杨之宏（西海）、徐军、王聿祥等。最后一个竟是吴钧陶。他懵了，不知是怎么回事。他一向胆小怕事、谨小慎微，因家庭出身的关系，总是“夹着尾巴做人”。好在社里认为吴钧陶态度较好，只戴“右派”帽子，不作行政处分。其实，这顶帽子也够他受的，让他病弱的身体，又加上了沉重的思想负担。

多少年过去了，“右派”帽子摘掉了。一次，有个当年知情者告诉吴钧陶，你以为在小组会上讲话不慎，说了不该说的话，划你“右派”。其实不是，你在报纸上发表的诗，白纸黑字，才是定你“右派”的铁证哪！

吴钧陶恍然大悟，是因为千热万爱的诗歌，让自己蒙受了这么多年的不白之冤。从那时到“文化大革命”，无论有帽或摘帽，吴钧陶什么都干过，扫地，冲厕所，到资料室打杂，关“牛棚”，下“五七干校”，去化工厂战高温等。

即使在这样严酷无盼的困境中，吴钧陶也没有放下诗笔，偷偷地写着。他相信，终有一天，这些诗会“重见光明”，得以发表或出版。

终于，“文化大革命”结束后的一九八六年，经出版社同事、诗人姚奔的推荐，吴钧陶的诗刊于《诗刊》，又因《诗刊》编辑李小雨的热情相助，把吴钧陶的诗集《剪影》编入“诗人丛书”正式出版。这套丛书中，有包括屠岸、贾平凹、张烨等诗人作品集。这年，他已跨入虚龄六十岁的年纪。面对第一本诗集，他自嘲是“花甲新秀”。如今，姚奔、李小雨两位诗人朋友已作故，常使他思念不已。由于诗集出版困难，出版方无奈让作者包销一千册。吴钧陶哪会做买卖，诗集大多送了人。一次，幸遇有关单位举办“图书跳蚤市场”，他也赶去“练摊”，书没卖出几本，心中感到凄凉。几天后，他意外收到上海师范大学一位老教授的来信，还附了一元一角邮票。原来，老先生的儿子在跳蚤市场看到吴钧陶的诗集，询问三角钱卖不卖（原价一元零五分），吴钧陶说，如果你喜欢，我送给你，不用买的。年轻人高兴地拿着书，回家跟父亲说了此事，老先生觉得应该向吴钧陶表示道歉，并附上邮资代书款，信中还附了一首诗《孩子的爸爸向诗的爸爸致歉》。

这让吴钧陶深为感动，一直记着这件小事。

二〇〇一年，吴钧陶出版了第二本诗集《幻影》，相比《剪影》，这本诗集容量更大了，尤其是十四行诗有四十六首之多。这种诗体，是西方“舶来品”。中国不少诗人尝试这一形式的写作，而成功者并不多。吴钧陶感到，新诗与旧体诗相比，记不住传不开，所以要探索新诗格律化问题与创作途径，十四行诗无疑是一个试验田。著名翻译家、诗人屠岸对吴钧陶的十四行诗给予了高度评价。诗人牛汉来信说：“我以为大著《幻影》是真正的诗。”

二〇〇六年，由香港银河出版社出版了《吴钧陶短诗选》（汉英对照）。一直到二〇一六、二〇一七年，他相继有诗集《人影》《心影》的问世。尤其是《人影》一书，可说是他的诗全编了，他在“文化大革命”中写的诗歌，幸运地得以保存，并编入了这个集子。此外，他还出版过两种散文集《留影》和《云影》。吴钧陶以“纸囚”自况，曾自撰一联：“身无分文债，家徒四壁书”。这《剪影》《幻影》《人影》《心影》《留影》《云影》，是他精心养育的儿女，可谓“一囚六影”。

《鲁迅诗歌选译》，第一次让中国文化“走出去”

“文化大革命”中，唯一能阅读的文学著作，大概除了毛泽东诗词，只有鲁迅的诗文了。一次，吴钧陶从为数不多的抄家漏网之书中，找到了一册一九六二年版《鲁迅诗歌注》，以及一册父亲留下的《汉英辞典》。他想，作为“洋人的玩艺”，英文原版书无法翻译了。不妨把鲁迅的诗译成英文，不管能不能出版，至少自己可以练练英文了。“文化大革命”前，他曾读过鲁迅诗歌，也试着译过一二首。这次，他下决心，要全译鲁迅的文言诗。

从一九七二年起，他白天在工厂“战高温”，晚上开始研读鲁迅的诗。鲁迅写诗，与写杂文一样，有着“鲁迅笔法”，不少含有隐晦的讽刺意味。那时，研究者对鲁迅中文诗的理解，常会有不同意见，如要译成英文，就必须先比较、鉴别一番，然后按照自己的理解，谨慎下笔。所以，精读原文，就花去他不少时间。然后，一首一首译出。因为鲁迅写的多是旧体诗，所以，吴钧陶说：“格律方面，我试图尽力按照音步和韵脚的规则来做，希望自己把一首诗译成念起来像一首诗。”

这朴素的话语，却道出了深刻的翻译之理。吴钧陶不但创作新诗，对中国古典文学，尤其是对唐诗宋词下过一番苦功，有很高的艺术鉴赏水平。试想，一个不懂诗歌的译者，没准会把外国诗译得平淡如水，无诗意可言。而一个不懂中国古典诗词的译者，同样会把中国旧体诗译得外国人都读不懂。所以，大多中国翻译家，只把外文译成中文。而吴钧陶不仅如此，还凭着他的尝试，敢于涉足中译英领域，这不能不让人钦佩。

正如吴钧陶在《鲁迅诗歌选译》一书的《译者后记》中所写：“翻

译意味着把一种语言的意义、韵味和形式用另一种语言表达出来。这是一件艰难的工作，特别是把中文诗歌翻译成英文，因为两者之间有很大的不同。虽然如此，为了让世界上更多的人了解我国的文化，对于这本书来说是为了了解我们伟大的现代作家之一鲁迅先生的诗歌，我觉得尝试一下总比在困难面前望而却步来得好。”

《鲁迅诗歌选译》花了两年时间，于一九七三年译竣。但出版谈何容易，直到一九八一年七月，此书由上海外语教育出版社出版，初版两万册。著名装帧设计家陶雪华女士设计封面，集中收诗四十四首，几乎包括了当时已发现的鲁迅全部旧体诗了。鲁迅先生的诗歌，当时国内还没有完整的英译本出现，吴钧陶的《鲁迅诗歌选译》，是国内的第一本，也是他个人从事中译英的第一本专著。

译完鲁迅的诗，吴钧陶意犹未尽，从一九七四年开始翻译杜甫诗。仅这一年，他就完成了三十首杜诗英译。由于郭沫若在《李白与杜甫》一书中，贬杜褒李，把杜说成是“完全站在统治阶级、地主阶级一边的”封建卫道士。年过半百的吴钧陶，由于自幼受到病痛折磨，加上阅历的增加，对杜甫有着自己的偏好，认为杜甫的诗，真正反映了民间的疾苦。他就选杜甫那些具有代表性的、而又较易让老外理解的作品进行译介。“文化大革命”后，译文出版社同事陈伯吹先生把这些译稿带到北京，经叶君健先生的推荐，《杜甫诗新译》由香港商务印书馆列入“新译丛书”，于一九八一年八月出版。列入这套丛书的译者有方重《陶渊明诗文选译》、孙瑜《李白诗新译》、许渊冲《苏东坡诗词新译》等，都是翻译界名重一时的“角儿”。之后，吴钧陶又增加篇幅，在陕西人民出版社出版了《杜甫诗英译一百五十首》。

由于“新译丛书”的成功出版，影响甚大，香港商务印书馆又约许渊冲、陆佩弦、吴钧陶合编《唐诗三百首》英译本，三人通力合作，约请国内十多位英美文学专家参与翻译。《唐诗三百首新译》于一九八七年七月出版。

一九八六年，湖南出版社约请吴钧陶独力主编“文白对照、汉英对照”《唐诗三百首》。吴钧陶约请了好友钱春绮、张秋红、屠岸、罗志野等数十位翻译家，参与了这部“三对照”厚书的编译工作。交出版社后，于第二年顺利出版。

目前，吴钧陶又以九旬之高龄，中译英《古诗新译七十五首》，已经河南大学王宝童教授审校，由出版社进入编印程序。正如专家对吴钧陶的“吴译风格”所评论的那样：“吴的译作具有浓郁的抒情味，能使读者沉浸在审美情感的激荡中，产生无限的遐想。”

从七十年代至今，吴钧陶没有中断过中译英，他矢志不渝，要让中国文化“走出去”，传播到世界各地。

《爱丽丝》，第一次突破一千万印数

不少翻译作品，或出于工作任务布置给译者，或是出版方向译者的约稿，而《爱丽丝奇境历险记》的翻译，却是吴钧陶自愿找来的，因为他实在太喜欢这部作品了。

此书初版于一八六五年，作者为英国作家刘易斯·卡罗尔，是英国文学史上一本家喻户晓的名著，深受读者欢迎。早期，在中国曾有赵元任、范泉、施瑛、王永年等人的译本。有专家指出，一部外国翻译作品，由于语言的发展等因素，一般过了二三十年，就应有新的译本替代。而且，一部名家名著，多几个优秀译本，对读者益处多多。

此书讲述的是一个名叫爱丽丝的小女孩，在野外突然看见一只穿衣戴帽、匆匆赶路的兔子，她非常好奇，就悄悄跟在兔子后面，进入了一个树洞，忽然一滑，跌落到一片未知的梦幻世界，从此，她开始了一个漫长而有趣的冒险经历。这本书还有一部姐妹篇，叫《爱丽丝镜中奇遇记》。

此两书吴钧陶分别于一九九六年和二〇〇三年翻译出版。

原作者卡罗尔是英国牛津大学数学教授。偶然涉笔，就写出了传世作品，成为世界经典著作的这两部小说。小说中常常会掺入逻辑游戏，妙趣横生。英国哲学家罗素谈起《爱丽丝》一书时，就说作者“提出了一些非常有趣的逻辑问题”。经历了两百余年，《爱丽丝》依然闪耀着英国传统文学的光芒。

因此说，要翻译好这两部书，不是一件容易的事。两书的书名翻译一直没有统一过，如女主人公名字叫“爱丽丝”，爱字又有“阿”“艾”两种译法，丝也有“思”“斯”两种译法。吴钧陶在翻译中，兼顾到语意与读音两个方面，又要让中国读者读着舒服。他总是通过自己细致的译笔，让读者感受到女主人公具有的爱心和美丽。

对于一些难以翻译的诗句、对话，或者双关、暗示、俏皮的内容，吴钧陶尽一切可能不删减，力争原汁原味地还原原作的风格。如书中有许多注释说明，不少是常识性的，可以帮助读者更好地理解原作丰富的内涵。在翻译《爱丽丝镜中奇遇记》卷首的那幅国际象棋盘的插图时，吴钧陶怎么也看不懂画的是什么意思。他特地去买了一册国际象棋谱，按样画了一张棋盘，对比着还是没弄懂。他想到自己的弟弟吴沅陶，是科研所的高级工程师，业余爱好国际象棋，还翻译过一部棋谱。对了，找弟弟一定能解决难题。他立马提笔写信，并附上书中插图的复印件。果不其然，经弟弟耐心解说，吴钧陶终于明白了插图的意思和意义。

逻辑并不枯燥，作为一种趣味，其在《爱丽丝奇镜历险记》中呈现出令人难忘的特色。但由于中英文的本质区别，翻译时如能把书中的逻辑关系说清楚，已属不易了。小说中的对话，最能体现出小说家的功力。同样，能把对话翻译好，也能体现出翻译家的水准。因为，在这本富于逻辑趣味的书中，对话也带有各种貌似荒诞的逻辑关系，它们既是荒诞的，也是逻辑的，是荒诞中的逻辑。过去的译本，有的把人物的对话译得过于简单直白，显得人物关系很紧张。而吴钧陶的译文则让人读后感到有张有弛，有礼有节，连原著的调侃口吻也译得逼真，惟妙惟肖。

所以说，吴钧陶的译本较为忠实地再现了原文的意境和逻辑趣味。他在总结了前人的翻译经验与教训的基础上，精益求精，不断完善。上海译文出版社很欣赏吴钧陶的译本，从普及本到精装本，再到图文并茂的双语本，同时采用英国著名插图画家查尔斯·罗宾逊的插图，使这本译著一版再版，更臻完善。

作为一种名著名译的儿童读物，《爱丽丝奇境历险记》和《爱丽丝镜中奇遇记》成为了我国儿童文学的长销书。先后约有二十家出版社与译者洽谈出版事宜。二〇一六年，在上海迪士尼开园之际，又有出版社推出吴钧陶译的“迪士尼版”《爱丽丝》。有的出版社在书封上赫然印着“畅销全国八年，累计销售超过一千万册”。谁也没能真正统计过《爱丽丝》的真实印数，可以说这是个天文数字了。二十种不同出版社出版的版本，铺满桌面，花花绿绿煞是好看。名著名译的不断再版印行，常常给吴钧陶带来意外的收益，朋友们说他是“坐以待币”，而他每得一笔不算太多的稿费，总是请朋友们聚餐一顿，开场白说：不是我掏钱，是“爱丽丝”请客。大家被吴钧陶幽默而机智的话，逗得哈哈大笑。

《马克·吐温全集》，第一次成为我国最全译本

也许是《百万英镑》影响够大，使美国作家马克·吐温的名字在中国不胫而走。

上世纪九十年代中期，河北教育出版社筹划出版大型丛书“世界文豪书系”，包括莎士比亚、雨果、泰戈尔等，当然还有马克·吐温。由于多人推荐，又基于吴钧陶在翻译界的影响力，出版社希望他来担纲《马克·吐温全集》的主编工作。几经斟酌，吴钧陶答应了出版社的邀请。

尽管，马克·吐温不是吴钧陶的研究方向，但他喜欢老马的幽默文笔。既然“天降大任于斯人”，他决定自我加压，挑战极限。他摩拳擦掌，把历年收藏的马克·吐温原版本，以及在中国出版的中文单行本一一找拢来，又请好友潘庆舲从美国邮购新出牛津版《马克·吐温全集》，仔细阅读比较，沉潜在马克·吐温的世界里。尤其是阅读了多部马克·吐温的传记，对这位作家有了较为全面的了解，知晓马克·吐温同情在美国饱受欺凌的华工，经常撰文抨击列强对中国的侵略，谴责列强威逼清政府签订不平等的《辛丑条约》等。这些，都更加激发了吴钧陶要把更多马克·吐温作品介绍给中国读者的热情和决心。

为了给全集的编辑工作打好扎实基础，吴钧陶首先利用自己所藏资料，请资深翻译家叶冬心等先行翻译出版马克·吐温的中短篇小说，共分三卷。摸索了一些经验后，吴钧陶开始进入全面的编辑繁忙之中。他从全国各地约请老中青翻译名家组成翻译团队，如请年长的译家叶冬心翻译马克·吐温的大部分短篇小说，潘庆舲翻译《哈克贝利·费恩历险记》，钱春绮翻译《王子与乞丐》，请中青年译家李际译《圣女贞德传》，黄福海翻译全部马克·吐温书信等。这样算来，全集的容量达十九卷之多。作为主编，吴钧陶是样样事必躬亲，自己动手，电话、书信联系译者，审阅、修改他们的译稿，统筹全集顺序等等。唯一能帮到吴钧陶的，是他的爱妻杨昭华，她毕业于圣约翰大学，英文功底扎实，又在中学一直执教英文和数学，帮他查阅词典，整理译稿，编写目录，校对清样，甚至绘图例、跑邮局，样样都干。夫唱妇随，两人忙得不亦乐乎。家里的桌上、椅上、床上、柜上，甚至钢琴盖上，全堆满了书籍、资料、译稿等等，假如来个客人，连坐的地方都没有。这一间不大的卧室，几年中弄得拥挤而繁杂，连正常生活也大受影响。如此，吴钧陶要找资料，却一拿一个准，这可神啦！也不知他使的哪一招。只是知道，他在“文化大革命”中，不能从事翻译编辑工作，被派去资料室整理资料，难怪他有“杂而不乱”的本领。

《马克·吐温十九卷集》中译本是皇皇巨译，译者多达三十余位，八百多万余字，作为主编的工作，真是千头万绪，仿佛从事一个综合性大工程哪！全集包括牛津版的全部作品约七百万字，以及其他单行本中找到的散文、书信、自传、游记、文论、剧本、演讲等，这部分加起来，约有一百多万字，可称是国内第一次出版的马克·吐温最全中译本，吴钧陶为此写下二万五千字的长序。经过七年的努力，全集于二〇〇〇年全部编竣，并在二〇〇二年一次出齐。这是吴钧陶退休后对文化事业的一大贡献。他从二十多岁进入太平洋出版社做编辑开始，一直到退休，编辑职业伴随终生。“四人帮”粉碎后，文艺花圃复苏，外国文学开禁，吴钧陶从一九七九年起，主编了“译文丛刊”，第一辑《暴风雨》，第二辑《春到人间》，第三辑《节日的晚宴》，印数都是十万、二十万之多，大获读者好评。接着编辑了叶君健译的《安徒生童话》（十六册）、查良铮（穆旦）译《拜伦诗选》、兴万生译《裴多菲全集》、赵萝蕤译惠特曼《草叶集》、王智量译狄更斯《我们共同的朋友》等等。

在主编《马克·吐温十九卷集》过程中，遇到的困难难以计数，仅举一例便窥全豹。在三十余位翻译家中，有一位老译者在翻译了十多篇作品后，突然病逝，吴钧陶只好找到译者在四川工作的女儿，商请她将其父遗稿寄来。另有一位翻译家，翻到一半因有重要事情，无法继续译下去了。吴钧陶又得物色译家来接替这一工作。还有，《傻瓜出国记》一书洋洋数十万字，找人新译时间不允，而已有译本的译者已与人民文学出版社签约。吴钧陶就乘去北京开会之便，由屠岸先生陪同，与该社商量，终于能收入全集之中。诸如此类的烦事，弄得吴钧陶手忙脚乱，疲于应付。好在他朋友多，人缘好，患难之中总有贵人相助，才使全集译编工作得以顺利进行。因为过度劳累，期间吴钧陶多次患病住院，几位上海译家闻悉后，赶到医院探望老人，可一走进病房，就看见吴钧陶斜靠在床，一手拿着笔，一手捧着一叠样稿，在认真修改。此景此情，让几位翻译家及旁边的医生、护士，都深为感动。

《马克·吐温十九卷集》出版后，好评如潮。远在大洋彼岸的美国出版界也惊叹这个全集“齐全完美，堪称第一”。二○○四年，《马克·吐温十九卷集》荣获第十四届中国图书奖，这是国内出版界的最高奖项。

吴钧陶深感欣慰。这是他给自己的编辑生涯划上的一个圆满句号。

但是，生命不息，战斗不止。这位被生命的奇迹眷顾的九旬老人吴钧陶说：在人生马拉松的“最后一公里”，他还想完成的事乃是把一生积累的“白纸黑字”汇集起来，印成书册，奉献给他的读者知音。

（原载《传记文学》二○一八年第一期）